「じゃあ飛ぶわよ、アリア。
けっこうスピードが出るから、
振り落とされないように
しっかり抱きついていてね
アリアはいっそうしっかりと、
セリアの腰に抱きつく力を強める。
直後、セリアの身体はふわりと
地面から浮かび上がった。

精霊幻想記
【せいれいげんそうき】

「…………っ、あ……」

…………。

青天の霹靂とはこのことか、リリアーナはしばし呆けて言葉を失ってしまう。

それでも何か言おうと口を動かそうとしたが、何も言葉は出てこなかった。悲しそうに、とても悲しそうに俯いてしまう。

彼女の涙がこぼれ落ちて、ぽたりと地面を濡らした。

精霊幻想記

23. 春の戯曲

北山結莉

HJ文庫
1063

口絵・本文イラスト　R・i・v

CONTENTS

リオ(ハルト＝アマカワ)

ベルトラム王国の孤児として転生した本作主人公
勇者との死闘の末に超越者の一人・竜王として覚醒
代償として人々の記憶から消えてしまっている
前世は日本人の大学生・天川春人(あまかわはると)

アイシア

リオを春人と呼ぶ契約精霊
その正体は七賢神リーナが造り出した人工精霊

セリア＝クレール

ベルトラム王国の貴族令嬢
リオの学院時代の恩師で天才魔道士

ラティーファ

精霊の里に住む狐獣人の少女
前世は女子小学生・遠藤涼音(えんどうすずね)

サラ

精霊の里に住む銀狼獣人の少女
現在はガルアーク王国にて美春たちと共に行動中

アルマ

精霊の里に住むエルダードワーフの少女
現在はガルアーク王国にて美春たちと共に行動中

オーフィア

精霊の里に住むハイエルフの少女
現在はガルアーク王国にて美春たちと共に行動中

綾瀬美春
あやせみはる

異世界転移者の女子高生
春人の幼馴染でもあり、初恋の少女

千堂亜紀
せんどうあき

異世界転移者の女子中学生
兄である貴久と共に謹慎中だったが……

千堂雅人
せんどうまさと

異世界転移者の男子小学生
聖女エリカの死亡後、勇者として覚醒する

登場人物紹介

フローラ＝ベルトラム

ベルトラム王国の第二王女
姉であるクリスティーナと共に行動中

クリスティーナ＝ベルトラム

ベルトラム王国の第一王女
祖国を脱出し、アルボー公爵派と対立する

千堂貴久
せんどうたかひさ

異世界転移者で亜紀や雅人の兄
セントステラ王国の勇者として行動する

坂田弘明
さかたひろあき

異世界転移者で勇者の一人
ユグノー公爵を後ろ盾に行動する

重倉瑠衣
しげくらるい

異世界転移者で男子高校生
ベルトラム王国の勇者として行動する

菊地蓮司
きくちれんじ

異世界転移者で勇者の一人
国に所属せず冒険者をしていたが……

リーゼロッテ＝クレティア

ガルアーク王国の公爵令嬢でリッカ商会の会頭
前世は女子高生の源立夏（みなもとりっか）

ソラ

リオの前前世にあたる竜王の眷属たる少女
竜王として覚醒したリオに付き従う

皇 沙月
すめらぎさつき

異世界転移者で美春たちの友人
ガルアーク王国の勇者として行動する

シャルロット＝ガルアーク

ガルアーク王国の第二王女
ハルトに積極的に好意を示していた

レイス

暗躍を繰り返す正体不明の人物
計画を狂わすリオを警戒している

桜葉 絵梨花
さくらば えりか

聖女として辺境の小国で革命を起こした女性
リオとの戦闘後、自らの望みを叶え死亡

【プロローグ】

早朝のガルアーク王国城。

沙月達が暮らしている屋敷のキッチンで。

綾瀬美春は朝食を用意する手の動きを止めながら、ぼうっと立ち尽くしていた。脳裏によぎっているのは――、

（……あの夢、何だったんだろう？）

そう、昨夜見たばかりの夢のことだ。夢の舞台はよくわからない真っ白な空間だった。

そこで美春は誰かから語りかけられた。

「貴方はいずれ決断を求められるわ」

女性の声だった。

「大事な、とても大事な決断を迫られる」

所詮は夢だ。現実の出来事ではない。夢の中のことなんて考えたところで何の意味もないと、理解はしている。

けど――、

「私はね。絶対に間違っていると思う選択をすることを強く推奨するわ」

夢の中の出来事なのに、妙に記憶が鮮明だった。

妙に印象的な夢だった。

だからだろうか？

（……誰の声、だったんだろう？）

美春は声の主が誰なのか、つい考えてしまう。

今振り返ってみると――、

（あの声、どこかで聞いたことがあるような……）

と、そんな気がした。

知らない相手だったはずだ。だが、なんだか妙に聞き覚えがある気もするのだ。なんとも形容しがたい違和感があって……。

と、そこで――、

「美春お姉ちゃん」

亜紀の声が響いて、美春の思考は現実に引き戻された。

「ん。おはよう、亜紀ちゃん」

実の妹のように可愛がっている亜紀に、美春は慈愛の笑みを向ける。

ほんのつい先日まで、二人は離れ離れに暮らしていた。けど、今はこうして一緒に暮らすことができている。

「うん、おはよう……」

取り戻すことができた美春との平穏な日常。それを象徴する朝の挨拶をこうして交わせることがとても嬉しいのか、亜紀は幸せそうにはにかんだ。

「……おいで」

美春は優しく口許をほころばせると、抱きしめるように両手を広げる。

「え？　恥ずかしいよ……」

と、言いながらも、亜紀はおずおずと美春に近づいていく。美春も自分から歩みだして亜紀のことを抱きしめた。美春の温もりに、亜紀も全身を委ねる。美春はぽんぽんと、赤ん坊をあやすように亜紀の背中を叩いた。そうしていると――、

（………選択か）

美春の脳裏に、ふと夢の中の言葉が思い浮かぶ。

もし今後、美春が大事な決断をするとしたら、亜紀のことについてだろう。美春はもう二度と亜紀が悲しむ顔は見たくはない。だから、そのためにも――、

「……私がしっかりしないとね」

と、美春は自分に言い聞かせるように、決意の言葉を呟(つぶや)いた。

「え?」

どうしたの? と、亜紀は美春の顔を見上げる。

「ううん、何でもないよ」

美春は愛(いと)おしそうに、亜紀を抱きしめる力を強めた。

【第一章】 ❈ 二人旅

ベルトラム王国領内、ガルアーク王国との国境付近でのことだ。セリアが訪れていた砦から、数百メートル離れた場所で。

「エンドレスフォース」「《超過剰魔力充填》」

背中から光の翼を生やして飛翔するセリアと、レイスに抱えられて空を飛ぶ蓮司。その二人が、今まさに――、

「ブリザード！」「《聖剣斬撃魔法》」

互いの大技を放った。

次の瞬間、冷気の斬撃と熱光の斬撃がぶつかり合い、一帯の視界を覆い尽くすほどの巨大な衝撃波と光をまき散らした。

「くっ……!?」

「きゃぁっ!?」

蓮司もセリアも迸る爆風に吹き飛ばされて、空中で大きく姿勢を崩す。視界は光で遮ら

れ、上下左右の平衡感覚どころか、衝撃の負荷で意識すらも失いかける。

　そんな状況で――、

（っ、しっかりしなさい、私！）

　セリアは必死に意識を保ち、頭を回転させた。

　最悪なのは自分がここで戦闘不能になり、レイスやアルボー公爵の手に落ちてしまうことだ。魔力の消費が激しい聖剣斬撃魔法を威力強化までして使用したせいで、残りの魔力量が心許ない。この状況で、次に打つべき最善の一手は――、

（に、逃げないと……）

　逃走一択だ。ただでさえ人数不利の状況で、実力を測りきれない強者二人を相手にして勝てると思うほど、セリアは思い上がっていなかった。

（この勢いを利用して……！）

　セリアは爆風の勢いには逆らわず、流れに乗って蓮司とレイスから大きく距離を取ろうと試みる。地面の方向をなんとか確認し、姿勢を制御すると――、

「っぅ……」

　セリアは光の翼を羽ばたかせ、残りの魔力を惜しみなく推進力に変えた。そのままガルアーク王国の国境を目指して、一直線に加速を開始する。

（…………………やむをえませんね）

レイスも爆風に逆らって無理にセリアを追跡することはせず、セリアとは真逆の方向へ下がることで衝撃波の勢いを殺した。そのまま一気にアルボー公爵達が控える砦付近まで押し戻されたところで、ようやく勢いを殺しきって制止する。

かと思えば、レイスは蓮司を抱えたまま、再び爆心地へと向かった。爆風の勢いに乗じてセリアに逃げられている可能性はあるが、気絶しているか、行動不能になって付近に潜んでいる可能性もあると考えたからだ。

まだ一帯の気流は荒れているし、土埃が舞っていて視界も悪いが、レイスの腕前なら飛翔できないわけでもない。すると――、

「……くそっ、何が起きた？　あの女は？　殺せたのか？」

蓮司が左手で目許を保護しながら、矢継ぎ早に質問を口にした。神装のハルバードは右手で握ったままだ。

「どうでしょうね」

レイスは爆心地を見据えながら、無表情で答える。それで――、

「……あの女、いったい何をした？」

蓮司も幾ばくかは冷静になったのか、今度は落ち着いた声で質問した。互いに攻撃を放

って衝突するまでは、ほんの一瞬の出来事だった。その瞬間に何が起きたのかよく目視できなかったのか、あるいは目視できても信じられなかったのかもしれない。

「レンジさんとほぼ同等の一撃を放って攻撃を相殺してきたんですよ」

「……本当か？」

「ええ、間違いありません」

と、レイスは迷わず断言する。

「……俺のエンドレスフォースブリザードは、この世界の最上級攻撃魔法を遥かに凌ぐ威力があるんじゃなかったのか？」

蓮司は不満を押し殺すように尋ねた。広範囲の殲滅に特化した最上級攻撃魔法を同時に数発放っても蓮司の攻撃を防ぐことはできないと、以前にレイスからお墨付きをもらったこともある。なのに、セリアはいったいどうやって対抗したというのか？

「この世には最上級攻撃魔法よりも威力のある攻撃魔法が存在する、ということです」

レイスがしれっと答えると――、

「ふざけるなっ！　それじゃあ最上級と言えないじゃないか！　神装の一撃と張り合える魔法が存在するだと⁉　魔王の上に大魔王がいます、なんて糞みたいな設定の隠し方をされる物語じゃないんだぞ！」

蓮司は不満を隠さず、激しく憤った。セリアが自分の全力と同等の攻撃を放ってきたことは、蓮司にとってはそれだけ大きな問題なのだ。

なぜなら、選ばれた勇者だけが持つことができる最強の武器が神装のはずだ。神装以外に同等の力を秘めた何かが存在してしまえば、神装の特別感が薄れてしまう。それはすなわち、神装の担い手である勇者の特別感も薄れてしまうということだ。蓮司のアイデンティティや自尊心にも直結する問題である。が――、

「……ははは」

レイスは珍しく目を丸くし、愉快そうに笑いを漏らした。

「おい、ふざけるな！　笑い事じゃない！」

「失礼。レンジさんは時々、本当に面白いことを言う。最上級というのはあくまでも今この世界に現存する魔法の中で最上級、ということなんですよ。大昔、それこそかつての勇者達が存在していた時代には、さらに強い魔法が存在していたとされています」

「…………あの女が使った魔法がソレだとでも言うのか？」

「ええ。強力な古代魔道具の可能性も完全にゼロというわけではありませんが、そういった武具を何か装備していたようには見えませんからね」

「……納得できん。あの女は現存しないはずの魔法を使えたことになるじゃないか」

「ですね。なぜ彼女がそんな魔法を扱えるのか、私も理解が及びません」

「…………」

蓮司はまだ何か訊きたそうな顔をしているが、そのまましばし押し黙ると――、

「……いつまでこうしているつもりだ？」

と、辟易とした顔でレイスに問いかけた。

既に爆心地には戻ってきている。セリアを捜しているのか、レイスは一帯をぐるぐると飛翔していた。空中を飛翔している都合上、蓮司は抱えられたままだ。胡散臭い男に抱きかかえられたままでいるのは嫌らしい。

「これは失礼。レンジさんもそろそろ自力で飛翔する術を学ぶ頃合いかもしれませんね。今の貴方ならもう逃走する恐れもないでしょう」

蓮司が逃走する理由については、そもそもレイスと蓮司が友好的な関係というわけではなかったからだ。

ルビア王国の王女姉妹であるシルヴィとエステルを巡って対立する形で出会い、蓮司がルシウスに敗北したことで今に至る。

当然、レイスとしては逃走を警戒する必要があったわけだが、レイスの指導で効率的に修行ができるとわかったからか、蓮司は協力的な姿勢を見せている。飛翔の精霊術を使え

る者は格段の起動力を獲得することになるが、今ならば蓮司にその機動力を与えても逃走する恐れは低いと踏んだのだろう。そして——、

（もとより、今のレンジさんならいつ自力で飛翔できるようになってもおかしくはありませんからね）

自力で習得されるくらいなら、信頼の証として教えてやる形を取ることで、恩を売っておこうとも考えたらしい。

「……ふん」

蓮司は軽く鼻を鳴らすと——、

「降ろせ。俺は地上を見てくる。お前はこのまま上空から探索しろ」

と、素っ気なくレイスに指図した。

「そうですか。では、よろしくお願いします」

レイスはあっさりと手を放す。飛んでいるのは地上から二十メートル程度の高さだ。生身の人間ならば普通に死にかねない位置だが、今の蓮司は神装の効果で身体能力だけでなく、肉体の強度まで強化できる。ゆえに——、

「…………」

蓮司は特に抗議することもせず、勢いよく落下して地上に降り立つのだった。

蓮司が爆心地に降り立った頃。

（……追ってはこない、みたいね）

セリアは砦から数キロ離れた地点まで退避し、死角となる森の中に身を潜めて逃げてきた方角を見つめていた。一応は安心して胸をなで下ろすが、あちらが捜索を諦めているとは限らない以上、まだ油断はできない。本当ならこんな場所に潜伏せず、そのまま飛翔してさらに砦から距離を置きたいところだが――、

（《超過剰魔力充填・聖剣斬撃魔法》、消費する魔力がとんでもないわね。自前の魔力だけだと一発すら発動できないかも……）

現在のセリアの魔力は空っぽだった。厳密には、リオから貰った精霊石があるから、そこから魔力を引っ張り出して魔法を発動させることはできる。

だが、仮に精霊石に百の魔力が宿っているとして、術者が精霊石の魔力を燃料にして瞬時に魔法を発動させようとすると、二、三割の魔力のロスが必ず生じてしまうとされている。精霊石に宿っている百の魔力を一切無駄にしたくない場合は、時間をかけて精霊石に

宿る魔力を術者の体内へ取り込む過程が必要になるのだ。

誰かが新たに魔力を注入しない限り、精霊石が失った魔力は戻らない。セリアがリオとアイシアに関する記憶を取り戻した時に習得した古代の魔法は燃費の悪いものが多い。そのせいで、先ほどの戦闘でだいぶ魔力を消費してしまった。

（リオから貰った精霊石にはまだ魔力が宿っているけど……）

セリアは何か決意を秘めているような顔で、ベルトラム王国へと続く空を見据えた。

（まずはアマンドへ戻らないとね。よし……！）

それから、手にした精霊石から、しばし魔力を取り込むと――、

「《光翼飛翔魔法》」

セリアは古代の飛翔魔法を詠唱して再び背中から光の翼を生やし、ガルアーク王国の国境を越えた先に位置するアマンドへ向けて飛び立った。

◇　◇　◇

リーゼロッテが代官を務めるアマンドまで、今のセリアならば数十分とかからず着いてしまう程度の距離だ。

道中でレイスと蓮司が追跡にやってくることもなく、セリアは無事にアマンドへたどり着く。近郊の森に着地すると、そこからは歩いて都市を目指す。向かうのはもちろんリーゼロッテの代官邸である。

聖女エリカによる誘拐騒動を受け、一時的に代理を選定してアマンド代官の任から離れていたリーゼロッテ。だが、今はその任に復帰している。リッカ商会会頭としての仕事も本格的に再開していて、多忙な日常を取り戻し始めているという。

そんなリーゼロッテだ。ただでさえ貴族を相手にアポイントメントなしの訪問はあまり好ましくはないし、面会を断られても文句は言えない。

だが、セリアがリーゼロッテの大切な友人であるからか、しかもたった一人で屋敷を訪れてきたからか、面会は実にスムーズな流れで実現した。

セリアの旧友であるアリアもリーゼロッテの従者として立ち会う形で、セリアとリーゼロッテは応接室のソファに座って顔をつきあわせる。

セリアは大まかな経緯を掻い摘まんで説明することにした。

クリスティーナの使者として、つい先ほどまでベルトラム王国に出向いていたこと。アルボー公爵に捕縛されそうになったが、なんとか役目を果たしてアマンドまでやってきたこと。できるだけ早く王都にいるクリスティーナとフランソワに状況の報告を行いたいと

考えていること。等々。その上で――、

「……という事情で、ガルアーク王国城にいらっしゃるクリスティーナ様に言付けいただけませんか？　突然押しかけてこのようなお願いをするのは本当に不躾だとは思うのですが……」

セリアはリーゼロッテに伝言を頼んだ。

とはいえ、当然――、

「ええと……」

話が急すぎて、リーゼロッテは困惑する。どうしてセリアが今こうして無事にアマンドにいるのか、概要を聞いただけでは理由がまったくわからなかった。

いかにセリアが天才的な魔道士であるとはいえ、騎士達に囲まれれば捕縛される姿が透けて見える。他にも気になることはたくさんあるが――、

「……ひとまず状況を整理させてください。セリアさんはガルアークの王都を発ち、クリスティーナ様から賜った書簡をアルボー公爵がいるベルトラムの砦まで届けてきた。捕まりそうになったけど、なんとか逃げてきた。今はその帰り、なんですよね？」

リーゼロッテは額を手で押さえながら、事実に間違いがないか確認を行った。

「はい」

「なる、ほど……」

セリアが真剣な顔で頷くが、それでリーゼロッテの表情から困惑の色が払拭されることはなかった。セリアが嘘をつくような人間だとは思っていないのだろうが、だからといってそのまま受け止めるには突飛すぎる話だからだろう。ともあれ――、

「……言付けするのは構わないのですが、セリアさんはガルアークの王都には帰らないんですか？」

リーゼロッテはセリアの話がひとまず事実であることを前提に、話を進めることを優先した。

「はい。私はまたベルトラム王国へ戻ろうと思っています」

「……このままガルアークの王都へ戻られた方がいいのでは？　なぜ、またベルトラムに戻るという話に？」

命からがらベルトラム王国から逃げ出してきたというのに、またベルトラム王国へ戻ると言っているのだ。オウム返し的な質問になるのも無理はなかった。

「今回の事態を実家にも報告しておきたいんです。クリスティーナ様のお心遣いのおかげで父に手を出しづらくはなっているはずですが、アルボー公爵がどんな手を使ってくるのかはわからないので……」

と、セリアは不安そうな顔で実家に戻ろうとする理由を語った。まあ、当然だ。いくらクリスティーナが女王への即位を表明し、異論があるのならクレール伯爵家の人間を通して抗議しろよという通達をしてくれたとはいえ、それで実家の両親に手出しができなくなったと安心するのは無理だろう。

「ご家族が心配なんですね？」

「はい」

リーゼロッテもセリアの気持ちは理解できたらしい。報告できるのならば報告しておくに越したことがないのは確かである。

「……セリアさんはアリアだけでなく、私にとっても大切な友人です。できることなら魔道船を出してクレール伯爵領まで送って差し上げたいところですが、ロダニアが陥落して間もなく、リッカ商会の船もベルトラム王国への入国が制限されるようになってしまいまして……」

レストラシオンがロダニアを拠点にしていた頃は両国間を自由に行き来できた。だが、そのレストラシオンがロダニアという拠点を失ったことで、どうやらベルトラム王国はガルアーク王国に対する鎖国体制を強化したらしい。現在は一部の都市への商品の輸入を除いて、リッカ商会の船も出入りができなくなっているという。

商品の入荷が許可されている都市であればリッカ商会の魔道船を送り込むことはできるが、その中にセリアの実家があるクレール伯爵領の都市は含まれていない。近隣の都市まで送り届けようにも、密入国ができないよう現地では厳重な監視がされていると報告が上がってきている。

下手を打つと国際問題に発展しかねない以上、リッカ商会の魔道船を使ってセリアをベルトラム王国に送り込むのはリスクが高いといわざるをえなかった。

仮に実行するのなら、領主であり父であるクレティア公爵はもちろん、国王であるフランソワの了承も得ておくべき案件である。

「ありがとうございます。ですが、お気遣いは不要です。私一人で行って帰ってくることができますから」

協力は不要だと、セリアは軽く言ってのける。

「それは……、流石に無謀ではありませんか？」

セリア一人にそれができるのかと、リーゼロッテは部屋の隅に控えているアリアにもさりげなく目線で尋ねた。アリアも主人と同じ考えなのか、怪訝そうに首を傾げている。

「そう思われるのも無理はありませんよね。ですが、大丈夫です。実際にこうしてベルトラム王国からも一人で戻ることができていますし」

と、セリアは軽い調子で語って、問題がないことをアピールする。

「と、仰いましても……」

リーゼロッテとしてはセリアを信用していないわけではないのだが、このまま「では大丈夫そうですね」とセリアを一人でベルトラム王国へと送り出すことはできない。理由は明白で、心配だからだ。そのことはセリアにもよく伝わっている。そこで――、

「……ここだけの話ですが、行って帰ってくるだけなら、往復三日以内にアマンドに戻ってこられると思います」

セリアはリーゼロッテが安心できる判断材料を提供することにした。

「み、三日以内ですか？」

アマンドからセリアの実家があるクレイアまで、歩いて移動すれば確実に月単位で時間がかかる。馬を使っても短縮できる時間は良くて半分といったところか。なのに、往復するだけなら三日以内と言っているのだから、リーゼロッテが驚くのは当然だった。グリフォンを使って飛ぶより早く着きかねない。

ただ、それはセリアの魔力が尽きないでという条件が付く。今日、実戦であの飛翔魔法を使ってみた感じ、速度を出せば出すほどに魔力の消費が激しくなるとセリアは確信していた。ゆっくり飛ぶのならともかく、精霊石なしのセリアの魔力量では、片道分の魔力を

捻出するのも難しいかもしれない。

「現状、私以外の者には扱えないんですが、実は魔術的に空を飛んで移動する方法を習得しました。だから国境を越えて直にアマンドまで飛んできたんです」

「ベルトラムから戻ってきて、いきなり私の所を尋ねてきたのも妙だとは思っていましたが……。同行者もいらっしゃいませんし」

アマンドはガルアーク王国の中でもだいぶベルトラム王国との国境が近い位置に存在している。とはいえ、国境を越えてからアマンドにたどり着くまでの道中には、国が管理している砦もある。

セリアがベルトラム王国からガルアーク王国に戻ってきたのであれば、先にそちらを訪れているはずだし、公的な使者として出向いているのにお付きの護衛が同行していないのも不自然な話ではあった。

「行きはシャルロット様が手配してくださった騎士の方達が国境まで送ってくださったんですが、アルボー公爵の要求で私以外の同行者が認められていなかったというのもありまして……」

「……では、護衛の方々は？」

「実は国境付近の砦に待機してもらっています。立場上、あの方達は私が砦に戻ってきたらガルアーク王国まで連れ戻すようにシャルロット様から命令を受けていらっしゃるでしょうから」

セリアが戻ってこない可能性も大いにあったから、しばらく待ってみて戻ってこないようなら王都へ帰る手筈になっているはずだが、今はまだ砦に護衛の者達が待機していることだろう。

それで仮にセリアが最初に砦へ戻って、シャルロットが手配した護衛の者達にベルトラム王国の実家へ戻りたいと打ち明けていた場合、絶対に許可は出してくれなかったはずである。そうしないと、戻ってきたセリアを安全に王城まで連れて帰れというシャルロットからの命令を無視したことになってしまうからだ。

王国に仕える騎士である以上は、命令に反することはできないし、勝手な判断をすることもできない。

「それで私の所へいらっしゃったと」

リーゼロッテは状況を得心し、なんとも悩ましそうに息をつく。判断を下すのに必要な情報だと考えて事情を探ったわけだが、案の定のややこしい状況である。

「……その、ご迷惑をおかけして申し訳ございません」

セリアはなんともバツが悪そうに頭を下げた。

「いえ、頼ってくださったのは友人として素直に嬉しいのですが。その話を伺ってしまうと、私としてもなおさらセリアさんをお城へお連れしないといけなくなるのですよね」

そうしないと今度はリーゼロッテがシャルロットの意向に反することになりかねないからだ。ただ、実家へ急いで情報を伝えたいというセリアの気持ちもわかるので、リーゼロッテは板挟みの感情を抱いて頭を抱える。

セリアとてアルボー公爵に書簡を渡す以上の役割はクリスティーナから託されていないので、目的を果たしたことをいち早くクリスティーナに伝えなければならないのだ。実家に戻りたいというのは完全にセリアの独断であり、だからこそリーゼロッテを頼っているわけで――、

「です、よね……。ですが、そこをなんとか、お願いできないでしょうか？　アルボー公爵もすぐにでも何かしらの行動を起こす恐れがあります。こちらもすぐにでも出発できればと考えているんです」

相当な無理を言っている自覚があるのだろう。セリアはなんとも申し訳なさそうに重ねて頭を下げた。果たして……。

「……………わかりました。王都への報告は任せてください。砦にいらっしゃる護衛の方達への事情説明も、こちらで手配しておきます」

「ありがとうございます！」

「ですが、条件があります」

喜ぶセリアに向けて、リーゼロッテが人差し指を立てて告げた。

「と、仰いますと……？」

「護衛としてアリアを連れていってください」

リーゼロッテが立ったまま室内に控えるアリアに視線を向ける。

「え？　でも……」

セリアの視線もアリアに向かった。そして、アリアを自分に同行させるべきではない理由を口にしようとするが――、

「危険があるとわかっていてセリアさんを一人で送り出すなんて、友人として絶対にできません。シャルロット様にも怒られてしまいます。ですから、これは譲れませんよ」

セリアが何か言う前に、リーゼロッテが機先を制した。

「で、ですが、リーゼロッテさんが助力してくださったことが万が一、相手方に知られたら、国際問題になりかねないというか……」

「ですから、必要最小限の人員として、アリアを同行させるんです。アリアの実力はセリアさんならよくご存じでしょう？　アリアはベルトラムの元貴族ですから、姿を見られて

も言い訳はなんとでも立つでしょうし」

「……そう、かもしれませんが、アリアはリーゼロッテさんの懐刀ですし、いなくなったら警護に差し支えがあるんじゃ」

「アリアには及ばずとも、腕が利く者は他にもいます。アリアがいなくなる分、厳重に警備させればいいだけです。というわけでアリア。セリアさんに同行して護衛して差し上げなさい」

リーゼロッテはセリアがこれ以上何か言う前に、アリアに命じた。

「……承知しました」

アリアは溜息交じりに首を縦に振る。

「い、いいの、アリア？　リーゼロッテさんをお守りしなくて」

とんとん拍子で話が決まっていくものだから、セリアは慌ててアリアに尋ねた。

「主人がそう仰っているのですから、是非もありません」

私には決定権はありませんよ——とでも言わんばかりに、アリアはやれやれと答える。

「私の警護状況を心配してくださるのなら、私がセリアさんのことを案じる理由もおわかりいただけるでしょう？」

「うっ、はい……」

　リーゼロッテに痛いところを突（つ）かれ、セリアは気まずそうに頷く。

「では、早く戻ってきてくださいね？」

「……善処します」

「お待ちしております。それで、私にご協力できることは他にありますか？　魔術的な手段で空を飛ぶと仰っていましたが、移動用のグリフォンをお貸ししたり、魔力結晶（まりょくけっしょう）を差し上げたりすることもできますが……」

　魔術的な方法で空を飛べるにしたって、燃料となる魔力が有限である以上、ずっと飛び続けるのは難しいと考えての提案だろう。

「……ありがとうございます。恩に着ます。でしたら、魔力結晶を融通（ゆうずう）していただいてもよろしいでしょうか？　それと、できれば護身用の剣（けん）を一つ」

「わかりました。アリア、もう下がっていいから、出発の準備をしてきなさい。ついでに魔力結晶とセリアさんが扱えそうな剣の用意もしておいて」

「御意（ぎょい）」

　それでアリアはいったん下がるのだった。

数十分後。

いよいよ出発の準備が整った。

屋敷の庭先には出発するセリアとアリアに、そんな二人を見送るリーゼロッテ、そしてコゼット、ナタリー、クロエといった侍女達の姿がある。

アリアは侍女服から冒険者を彷彿とさせる軽装に着替え、腰にはリーゼロッテから貸し与えられている魔剣を装備していた。

「留守中のことはくれぐれもよろしく頼みますよ」

アリアが侍女長として、部下達に語りかけている。

「はいはい。こっちのことは任せて、アリアも気をつけて……。って、貴方ならそんな心配はいらないか」

侍女達の中でもお調子者の気質が強いコゼットが、軽い調子で答える。と——、

「そうね。むしろ貴方が心配だわ」

真面目なナタリーが横からぼやく。

「私!? そこはまだまだ新人のクロエを心配するところでしょ」

「クロエは真面目ですからね。まだ拙いところもありますが、報告も丁寧ですから安心し

て仕事を任せられます」

「あ、ありがとうございます……！」

などと、コゼットから白羽の矢を立てられたクロエだが、侍女長であるアリアからお褒めの言葉を貰うと恐縮して頭を下げる。

「ともあれ、良い機会です。私がいないからといって業務に支障がないか、日頃の業務との違いは生じうるのか、何か潜在的な問題を孕んでいるのではないか、各自でよく考えて日誌で詳細に報告するように」

「げっ」

面倒な業務が増えたからか、淑女らしからぬ声を出したのはコゼットだ。アリアがあえて「詳細に」と語ったからには、理由があると考えたからだろう。すなわち――、

「面倒くさがって『特に変化はありませんでした』などと、漠然とした一言で片付けることはないよう。各員で相談するのはもちろん構いませんから、現状の業務体制をしっかりと見つめ直してください。リーゼロッテ様の警護体制については特に」

ということなのだろう。

少し前にはリーゼロッテの誘拐騒動があったばかりだ。既に平穏な日常を取り戻したとはいえ、気を緩めることはないようにと考えたのかもしれない。

「……了解」

リーゼロッテの警護に関する話題が出ると、侍女達の表情も一気に引き締まった。そして侍女達のすぐ傍では、セリアとリーゼロッテも出発前の会話を繰り広げていた。

「本当によろしいんですか、アリアを私に同行させてしまって……」

セリアが不安そうに尋ねる。確かに、いくら単独で飛翔できるようになったことで行動範囲がグッと広がったとはいえ、一人で旅をするのはまだ不安だ。旧友であり強者でもあるアリアがいてくれれば、セリアとしてはこの上なく頼もしくはある。

ただ、アリアが欠けてしまったら、リーゼロッテ達の業務に穴があきかねないのではないだろうか？　セリアはそこを懸念していた。

「はい。むしろこちらにとっても益のある話ですから、そうお気になさらず」

「そう、なんですか？」

「……平穏な日常は取り戻しましたが、ここ最近のアリアは気を張り詰めすぎているように見えることもあるんです」

もしかしなくとも、リーゼロッテの誘拐騒動が尾を引いているのだろう。それで、茨の棘が肌に食い込むように、アリアの心を苛んでいるのかもしれない。

「でしたら、尚更……」

アリアをリーゼロッテの側から離れさせない方がいいのではないだろうか？　セリアは視線でリーゼロッテに問いかける。だが——、

「いいえ、私のことを忘れるくらい、たっぷりこき使ってください。アリアがいなくても業務が回るんだってところを見せつけたいので」

どうやら、旧友のセリアと行動を共にすることで、アリアの気分をリセットさせてあげることができれば——と、リーゼロッテは考えているようだ。

「……わかり、ました。何事もなければ行って帰ってくるだけですが、そういうことなら遠慮なく。ありがとうございます」

「ええ」

セリアがぺこりと会釈し、頷いたリーゼロッテと目線を合わせる。と——、

「ふふ」

どちらからともなく、おかしそうに笑いを零した。

「アリア、行きましょうか」

と、セリアがアリアを呼ぶ。

「ええ」

アリアが侍女達との会話を打ち切ってセリアの隣に立つ。

「あっ、空を飛んで移動するって教えたけど、高い場所は大丈夫よね？　私が運ぶことになるけど……」

「ええ、問題ありません。以前にも……」

と、自然な口ぶりで応じたアリアだったが、途中で言葉に詰まった。

「以前にも、どうかした？」

セリアが不思議そうに尋ねる。

「いえ。誰かに抱えてもらって空を飛んだことがあったような気がしたのですが、そんな記憶はないので妙な感じが……。デジャブというのでしょうか？」

アリアは訝しそうに首を捻っている。

（……リオのことだわ）

セリアにはどうしてアリアにデジャブが起きたのか、わかってしまった。

「アリアも？　私もそんな気がしたんだけど……、変ね」

どうやらリーゼロッテにもデジャブが起きたらしい。聖女エリカに拉致されリオに救出された記憶の残滓が、まだ残っているのかもしれない。それがフラッシュバックでもしたのか、リーゼロッテも怪訝そうに疑問符を浮かべていた。

「グリフォンにでも乗った時のことを思い出したんじゃないんですか？」

　リオに抱えられて空を飛んだことはないので、コゼットが別の意味で不思議そうに話に加わる。

「……かもしれませんね。話の腰を折ってしまってすみません」

　アリアも記憶を思い出すことはできず、気にするのはすぐに止めたらしい。

「ううん」

　セリアは少し淋しそうな顔でかぶりを振った。

「それで、どうやって運ばれるのがいいんですか？　貴方の筋力だと魔法で身体能力を強化しない限りは私を持ち上げられない気もしますが……」

　アリアがセリアを見下ろしながら問いかける。

「そう、なのよね。身体能力の強化をしながら空を飛ぶと魔力の消費が激しいだろうし、私に抱きつくのがいい……のかも？　背中から熱を持った魔力のエネルギーが放出されるから、触らないように注意して」

「なるほど……。では、こんな感じでよろしいですか？」

　アリアは特に躊躇せず、セリアに近づいて真正面から抱きついた。というより、しゃがんで腰にしがみついたという表現の方が適切である。

「うん、良い感じ」

小柄なセリアと、すらりとしたモデル体型のアリア。抱きつく側がセリアであったのなら様になっていたのだろうが、その逆となると——、

「ふ、ふふ。っと……、こほん」

滑稽に見えたのだろう。コゼットがおかしそうに笑いをこぼす。だがアリアからじろりと視線を向けられると、わざとらしく咳払いをして誤魔化した。

「まあ、飛んでみて差し支えありそうなら調整しましょう」

「ですね」

「じゃあ、翼を生やすわよ。《光翼飛翔魔法》」

セリアが呪文を詠唱した。直後、背中から魔法陣が浮かび上がり、少し遅れて光の粒子が翼状に勢いよく放出される。そんな彼女の姿は天使のようにも見えて——、

「…………まあ」

リーゼロッテ達は揃って息を呑んだ。

「じゃあ、行ってきますね。王都への連絡、よろしくお願いします」

「え、ええ。お任せください」

セリアに語りかけられ、リーゼロッテがハッとして返事をした。

「じゃあ飛ぶわよ、アリア。けっこうスピードが出るから、振り落とされないようにしっ

かり抱きついていてね」

「わかりました」

アリアはいっそうしっかりと、セリアの腰に抱きつく力を強める。直後、セリアの身体はふわりと地面から浮かび上がった。そして——、

「では」

セリアはリーゼロッテ達に向けて短くそう言い残すと、加速を開始して上空へと舞い上がっていく。

「すごっ……」

リーゼロッテ達は息を呑みながら、小さくなっていくセリア達を見上げていた。

◇　◇　◇

一方で、時は少し遡る。

セリアがアマンドにたどり着くよりも少し前。

レイスと蓮司はセリアの捜索を終えて、アルボー公爵やシャルルが控える砦へと戻っていた。蓮司を抱えたレイスが砦内に舞い降りると——、

「レ、レイス殿！」

シャルルが真っ先に駆け寄ってきた。

「残念ながら、セリア＝クレールには逃げられてしまったようです」

と、レイスは平時と変わらぬ落ち着いた声色で報告する。

もちろん、互いの攻撃がぶつかり合って発生した爆発によって、セリアの肉体が跡形もなく消滅した可能性もレイスから見ればゼロではない。だが、限りなくゼロには近いと思っているのか、そこまでは語らなかった。

「そ、そうか……。い、いや、そうではない！　なんてことをしてくれたのだ⁉」

安堵したようにも見えたシャルルだが、すぐにレイスに食ってかかる。

「なんてこと、とは？」

レイスはさも心当たりがないと言わんばかりに首を傾げた。ちょうどこのタイミングでアルボー公爵も歩いて近づいてくる。

「帰ろうとした使者を殺そうとしてしまっては話が拗れる」

「おや、もとより帰らせるつもりはなかったのでしょう？　話を拗らせるために彼女をこの砦に呼び出した。違いますか？」

「それはっ……！　クリスティーナ王女が王位への即位を宣言した以上、事情がまた変わってしまった。こちらの分が悪くなるような真似はできるだけ避けておきたい」

自らの主張が正しいことを裏付けたいのか、シャルルが父であるアルボー公爵を見やりながら語った。

「だとしても、ですよ。彼女の身柄を押さえようとした時点で、もはや言い逃れができる余地などない。帰国されて妙な吹聴をされないよう、なおさら身柄は押さえておく必要があった。違いますか？」

「だ、だからといって、我が国の領土であまり勝手な真似をされても困る！　あのような規模の攻撃を国境の近くで発動させるとは……！」

レイスの反論がもっともなものだったからか、シャルルの言葉が一瞬詰まりかけて、そこから論点が変わる。だが──、

「その点については申し訳なく思いますが、ああでもしなければ逃げられていたのも確かでしょう？　なにしろ背中から光の翼まで生やして空を飛んでいましたから。捕縛できないのなら次善の策として口を封じておくべきとも思ったわけです。仮に彼女が死んでいたとして、具体的にどういった問題があるのですか？」

セリアを殺すべきだったかどうか、殺したとして何か問題があったのかどうか、レイスはすかさず論点を正した。

「それはっ……！」

シャルルは今度こそ言葉に詰まる。

「元は婚約者だったとはいえ、よもや特別な感情を抱いているというわけでもないでしょう？」

というレイスの問いかけは、いささか以上に無神経というか、人間味にかける内容ではあった。だからか——、

「っ……！」

セリアに対して実際にどういった感情を抱いているのかはともかく、流石のシャルルも不快そうに顔をしかめた。

「気に障られたのなら申し訳ございません。ですが、レストラシオンと締結した協定などとうに破っている。クリスティーナ王女が王位への即位を宣言したからといって、今さら体裁を気にし始めるというのは理屈が合わない。違いますか？」

「…………」

シャルルは苦々しい面持ちで押し黙る。だからか——、

「正式な即位は戴冠式を待つことになるのでしょうが、よもやそれをお認めになるわけでもないのでしょう？」

レイスは目の前に立っているシャルルではなく、傍に控えているアルボー公爵を見て問いかけた。すると――、

「……無論、即位など認めん。認められるはずがない」

アルボー公爵は忌々しそうに顔をしかめ、重い口を開く。

「であれば、やることに変わりはないはず。レストラシオンという組織を潰すために、必要なことをすればいい。アレほどの真似ができる女性がクリスティーナ王女の傍にいるのはまた違った意味でまずいでしょうからね」

「確かに、消せるのなら消しておくに越したことはなかった。小娘一人の息の根を止めたところで問題などあるはずもない」

と、アルボー公爵は語り、レイスの意見に賛同する。と――、

「で、ですが、父上っ……！　殺そうとして殺せなかったのであれば、こちらの体裁が悪すぎる。こちらが不利になるような情報をあちらに吹聴でもされたら、寝返りが起きるといったような恐れも……」

シャルルは泡を食って父に異論を唱えた。

「貴様の元婚約者以外にこの砦で起きたことを目撃した者はいないのだ。何を吹聴されようが、事実とは異なると毅然と対応すればいい。政治や外交において事実など何の意味も

持たぬ。長らく捕虜になっていて、そんなことも忘れたのか？」

国家間の争いにおいては、強者の主張こそ事実として扱われることになるのだと、アルボー公爵が息子を叱責する。

「っ……」

「国内貴族の圧倒的多数を牛耳っているのはいまだにこちらだ。今さら何を騒ごうが、雑音にすぎぬ。たとえレガリアを用いて王位への即位を宣言したところで……」

と、言いながらも、アルボー公爵はぎりっと歯を噛みしめた。クリスティーナが王位への即位を宣言したことが鬱陶しいことに変わりはないからだろう。

なぜなら、ベルトラム王国の第一位王位継承権を持つクリスティーナが、レガリアを占有した状態で王位への即位を宣言した以上、その正統性を否定したければ国法に定められた手続を経る必要がある。即位の正統性を否定できるまでは、クリスティーナを暫定的に正統な王として扱わなければならない。これはたとえ国王であっても容易には変更ができない国の最高法規でそう記されている。

仮にアルボー公爵がその決まりを破って手続を踏まず、クリスティーナを無理やり王位から引きずり下ろすような真似をすれば、正統性のない謀反を起こした大罪人という汚名を着ることになりかねない。

つまり、元々の国王であるフィリップ三世と、新たに即位を宣言した娘のクリスティーナ。手続さえ踏めば即位の正統性を否定できるとはいえ、今のベルトラム王国には暫定的に二人の国王が存在することになってしまう。こうした二頭政治というのはベルトラム王国の歴史上において例がないことなので——、

「まったく、忌々しい……。連中め、どれだけ窮地に陥っても、首の皮一枚で命が繋がっている」

と、アルボー公爵が頭を抱えるのも無理がない事態ではあった。すると——、

「確かに。まるで神の加護で守られているようにも思えますね。それこそ、全てを見通す力を持った神にでも味方されているかのように……」

と、レイスが鋭い表情で語る。

「ふん、神など……」

いない、と言わんばかりに、反射的に嘲笑を刻むアルボー公爵。だが、その言葉を続けることはしなかった。仮にも六賢神の神威を利用して支配体制を維持している手前、表だって神の存在を否定するような発言をすることは憚られたのかもしれない。

「念のため、確認させていただきたいのですが、よもや即位の正統性を否定できない、などということは起こりえませんよね？」

レイスがアルボー公爵に問いかける。

「無論だ。即位の正統性を否定するために必要な四分の三の投票権は、こちらの派閥に所属する貴族達が保有している。拠点を失い、人員も失ったレストラシオンの泥船に乗り換えようとする気骨のある者もいるはずがない。クリスティーナ王女の女王即位などありえんよ。こんなもの、ただの時間稼ぎにすぎん」

今のアルボー公爵派は投票権を持つ貴族の実に九割以上を押さえている。一部に怪しい者はいるが、今の状況でクリスティーナに味方する者などそうそう現れるはずがない。現れようものなら、アルボー公爵から圧力をかけられるどころか、その後の貴族生命が途絶えかねない。

「そのお言葉を伺って安心しました。ですが、より万全を期したいところでもあるのではありませんか？　そこで一つ、考えがあるのですが……」

レイスは拍手して称賛しながら、アルボー公爵に提案をしようとする。

「……クレール伯爵絡みか？」

「流石です。今この状況で最もあちらに利益をもたらしそうなのが、彼の家の者ですからね。クリスティーナ王女がクレール伯爵家を守りたがっているのは透けて見えますし、手を出さない理由がない」

もちろん、ベルトラム王国本国とレストラシオンとの間で、クレール伯爵家を中立的な立場にしようと協定を結びはした。だが、ロダニアを襲撃し、セリアの身柄も押さえようとした今となっては完全に今さらの話だ。

問題があるとすれば、クリスティーナが王位への即位を宣言するにあたって改めてクレール伯爵を交渉の窓口としたので、即位の正統性を否定できるまでは伯爵本人に手を出しづらいということだが……。

「娘のセリアに逃げられた以上、他の家族を取り込みたいと思っていたところだ。伯爵は愛妻家としても知られていてな。妻が狙い目だろう」

アルボー公爵はレイスに言われるまでもなく、クレール伯爵家に手を出す考えがあったことを明かした。

「いやはや、本当に抜かりがないようで、安心できますよ」

レイスは再び拍手をして、ぱちぱちと乾いた音を響かせる。

「問題はセリア＝クレールだな。どういう魔術なのか、魔法なのかもわからんが、あの機動力で実家に戻られでもすると、先手を打たれる可能性がある」

「ですね。今すぐにでもクレール伯爵領へ向かうべきでしょう。今から魔道船で出発すれば明日の午前中には到着する。無論、我々もお供させていただきますよ」

レイスは蓮司、ルッチ、アレインの三人を見やりながら、当然のようにクレール伯爵領への同行を申し出た。すると――、

「…………シャルル」

アルボー公爵は何を考えているのか、値踏みでもするようにレイスの顔をじっと見つめてから、息子の名を呼んだ。

「はい」

「今の話は聞いていたな？　貴様が部隊を率いてクレール伯爵領へ向かえ。伯爵夫人の身柄を押さえ、私の下へ連れてこい。私は一度、王都へ帰還する」

もちろん人質として使うつもりなのだろう。アルボー公爵は捕縛を命じた。

「御意」

「急げ、魔道船で移動したとしても後れを取るやもしれん」

「はい」

「……あるいは、レイス殿もどういう仕組みか空を飛んでいたようだから、それで先行することも可能なのかな？」

レイスが空を飛べるなどと初めて知ったからか、アルボー公爵が探るような眼差しを向けながらレイスに話を振る。

「そうですね。私一人か、レンジさんも連れて二人で先行することは可能でしょう。ご信用いただけるのであれば、先行するのも吝かではありませんが？」

と、レイスは特に表情も変えず、単独先行をさせてくれるのかと訊き返した。

「……我が国の領内での問題だ。とりあえずはシャルルに同行する形で伯爵領へ向かってもらいたい。現地で戦闘になるようであれば、その力を存分に振るっていただきたい」

アルボー公爵もレイスを完全に信用しきれてはいないのか、クレール伯爵領への単独先行を認めることはしなかった。

「承知しました。では、私とレンジさんが同行させていただくとしましょう。こちらの傭兵二人には一度、別行動をさせようと思います」

レイスはすんなりと了承し、ルッチとアレインを見る。

「一応、確認させてもらうが、どちらへ向かわせるつもりなのだ？」

ルッチもアレインも自前のグリフォンを持つ。国内で何か妙なことでもするのではないかと警戒したのか、アルボー公爵が問いかけた。

「実はガルアーク王国の様子を探らせている別の傭兵がいましてね。そちらと合流してもらってから、クレール伯爵領まで来てもらおうかと」

「なるほど」

「そういうことです。ルッチさん、アレインさん。貴方達は一度ガルアークへ向かってからクレール伯爵領を目指してください」

「……ええ」

予定にない指示だったのだろうか？

ルッチと顔を見合わせてから、アレインが頷いた。

「そうそう、あちらの彼らにこれを」

レイスは懐から手のひらに収まる小袋を取り出すと、アレインに近づいて手渡した。そして口許にフッと笑みを浮かべると――、

「入れ違いになるといけませんから、伯爵領までは大急ぎでね」

と、付け加えた。アレインは小袋の隙間から中身を一瞥する。入っていたのは彼らもよく知る魔道具の魔力結晶だった。すなわち、使い捨ての転移結晶。

「……了解」

アレインはレイスの意図を察したのか、ほくそ笑むように口許を緩めて頷く。

「頼みますよ」

そう言って、レイスはアレインの肩をぽんぽんと叩きながら――、

「彼女が先に来るようであれば消してください。ただし、できるだけ騒ぎは起こさない形

で」

アレインにだけ聞こえるように囁き、返事を待たずに振り返った。そして、シャルルに視線を向ける。

「では、急ぎましょうか、シャルルさん」

「……うむ」

かくして、レイスとシャルルは魔道船でクレール伯爵領を目指すのだった。

間章　揺れる

ガルアーク王国城で貸し与えられている客室のリビングで。

リリアーナはソファに腰を下ろしながら、セントステラ王国の使節団代表を務める男性貴族が訪れるのを待っていた。

（……勇者様に関する大事な話がある、か）

あまりよろしくない話題を持ちかけられる予感でも抱いているのか、リリアーナは窓の外を眺めながら物憂げに溜息をつく。

つい最近まで、セントステラ王国の勇者といえば貴久のことを指していた。だが、今では貴久の弟である雅人も勇者になっている。だから、千堂貴久と千堂雅人の両方か、そのいずれかに関する話題であることは確かだろう。

ただ、気になるのは、セントステラ王国の使節団がガルアーク王国に来てからある程度の日数が経過しているということだ。大事な話であるのならば、ガルアーク王国にやってきてリリアーナに合流してからいくらでもする機会はあった。

なのに、今になって大事な話があると切り出してきた。使節団の代表を務める人物はセントステラ王国の宰相を務めるやり手の男性であるから、そんな人物が単純な思いつきで大事な話を持ちかけてくるとも思えない。

となると――、

（……マサト様とタカヒサ様を比べていたのでしょうね）

と、リリアーナはあたりをつけた。

雅人がどこの国に所属するのかはまだ決まっていないが、現状はセントステラ王国かガルアーク王国、どちらか一つの国に二人の勇者が同時に所属することになるかもしれない千載一遇のチャンスだ。

そして、一つの組織に同じ役職を持つ者が複数いれば、当然比較の対象になる。ただでさえ貴久はこれまでに何かと問題を起こしがちだった。セントステラ王国の上層部にとって雅人の方が貴久よりも扱いやすい勇者であるのなら、是が非でも雅人を獲得したいと考えるのは実に自然なことだろう。

リリアーナもセントステラ王国の第一王女である以上は、自国の利益を最優先に考えて行動する義務が課せられている。聡明な彼女はもちろん理解している。雅人を自国に引き入れておくべきだ、と。

そう、やるべきことはわかりきっているのだ。だというのに——、

「…………」

窓の外を眺めるリリアーナの表情は、何か迷いを抱えているように見えた。

「リリアーナ様」

誰かがリリアーナの名を呼んだ。

「リリアーナ様」

もう一度、誰かがリリアーナの名を呼んだ。

「……リリアーナ様?」

今度は体調を案ずるような声色で、リリアーナの名前が呼ばれる。それでリリアーナはようやく思考の海から抜け出すことができた。

「……失礼しました。少しぼうっとしていたようです」

リリアーナはソファから立ち上がり、声をかけてきた人物に応じた。そこに立っているのは——、

「お疲れのようですな」

セントステラ王国の宰相を務め、今回ガルアーク王国にやってきた使節団の代表を務める人物であった。名はリベルト=トスカーナ公爵。外見年齢は四十前後。すぐ傍にはリリ

アーナの護衛を務めるアリスという少女の姿もあった。年齢は亜紀やラティーファと同い年くらいだろうか。

ともあれ、アリスには公爵が来たらそのまま室内に通して構わないと伝えていたので、言われた通り室内へ案内してきたのだろう。

「少し考え事をしていただけです。ご心配には及びません」

「……娘がまた何か殿下にご心労をおかけしていますかな？」

と、トスカーナ公爵は案内してきたアリスを見やりながら、不安そうに問いかけた。そう、アリスは公爵の娘なのだ。

「パ、パパ!?　かけていないよ！」

妙な疑いをかけられ、アリスがギョッとして異議を唱える。

「……父上、であろう。それに、おかけしていません、だ」

「は、はーい」

というアリスの間延びした返事を聞いて、トスカーナ公爵はなんとも頭が痛そうに額に触れた。すると――、

「アリスは……気が緩んでいることも時折ありますが、よくやってくれていますよ。私の幼馴染であり友人でもありますから。アリスがいることで場の雰囲気が和むことも多いの

で、褒めてあげてください」

　リリアーナがアリスを褒めてやる。

「ほら……っ」

　勝ち誇ったように微笑むアリスだったが、父親から冷えた眼差しを向けられるとビシッと姿勢を正した。

「心労が溜まっているのは公爵の方みたいですね」

　リリアーナがおかしそうに指摘する。

「面目ございません。末っ子だからといささか甘やかして育てすぎたようです」

　トスカーナ公爵は疲れを覗かせて溜息をついたが――、

「アリス。リリアーナ様と大切な話がある。お前は下がっていなさい。よほどの来客でない限りは知らせに入らぬよう」

　すぐに気持ちを引き締めて、娘に指示を出した。

「はいっ！」

　アリスはびしっと敬礼し、退室していく。

「とりあえず、お掛けください」

「失礼します」

リリアーナに促され、トスカーナ公爵は向かいのソファに腰を下ろす。と――、

「どうぞ」

リリアーナの側仕えであるフリルが、すかさずテーブルにお茶を置いた。

「フリル、貴方も隣の部屋に下がっていて」

「はい」

フリルはぺこりとお辞儀をし、静かに立ち去っていく。そうして、室内にリリアーナとトスカーナ公爵の二人だけが残ると――、

「それで、勇者様に関する大事なお話というのは？」

リリアーナが単刀直入に話を振った。

「国王陛下からのご指示と申しますか、伝言と申しますか……。様子を見てから伝えるよう頼まれていたのですが、そろそろ頃合いかなと」

「……なるほど。やはり父上からのお話でしたか」

となると、トスカーナ公爵がこれからする話は宰相としての発言ではなく、国王の言葉と同義であることを意味する。

「予想はついていらっしゃいましたか。流石です」

「内容は……、マサト様が関わることなのでしょうか？」

「ええ。正確にはリリアーナ様も、ですかな」

「……繰り返しにはなりますが、マサト様の所在に関する話であれば、我が国とガルアークのどちらに所属してくださるのか、結論を急かすことはできませんよ？」

と、リリアーナは釘を刺すように言う。国王からの指示ということは、雅人に対して何かを自分にさせようとしているはずなのだ。リリアーナが雅人に何か働きかけるとして、真っ先に思い浮かんだことが、自国への勧誘行為だった。

「もちろんです。陛下もそこに異論はないとのこと」

「……では、父上は私に何をしろと仰せに？」

「すぐに何かをしろ、というわけではございません。国の将来を見据えてのお話です」

「国の将来を見据えて、ですか。随分と持って回った言い方をなさりますね」

リリアーナは溜まらず苦笑を滲ませる。

「それだけお伝えしづらいことなのだと、お察しください」

トスカーナ公爵も同じだった。

「構いません。仰ってください」

「……御意。では、ずばりお伝えしましょう」

リリアーナに促され、トスカーナ公爵はようやく重い口を開く。

果たして――、

「陛下はリリアーナ様の婚約相手にマサト様を、とお考えです」

公爵の口から伝えられた国王からの伝言は、リリアーナの婚約相手に関する話だった。

「……………然様でございますか」

リリアーナが相槌を打つまで、たっぷり数秒の時間がかかる。

「異論がないようであれば、今後はそのつもりでマサト様と接するようにとのことです」

「………………………」

押し黙るリリアーナ。異論こそ口にしないが、頷きもしなかった。

「異論がある、ということですかな？」

トスカーナ公爵は見透かしたように問いかける。リリアーナが素直には頷かないと予想していたのか、なんとも落ち着いた声色だった。

「……異論はございません。私に婚姻の自由はございませんから、陛下がお決めになったお相手と婚姻を結ぶのが私の責務です。ですが……」

「何か気がかりが？」

「いくつかございます」

リリアーナは深く頷いた。

「どうぞ」

トスカーナ公爵は右手を向けてリリアーナの発言を促す。

「……一つはマサト様と私の齢の差です。大前提として、こちらが婚姻を望んでもマサト様に断られればそこまでの話ですから、私では相手にされない恐れがあります」

まずは自分と雅人の年齢差に言及するリリアーナだが……。

「と仰いましても、年の差は片手で収まる範囲内でしょう？」

雅人は十二歳で、リリアーナは十六歳。

年の差は四歳だ。

「四つも歳が上の女は嫌がられると聞いたことがありますが」

「……男性の貴族の間にそういう風潮があることを否定はしませんが、個人的には賛同しかねますな。現に私の妻も私よりも四つ上ですが、私は妻を心から愛しております。子も五人おります。それに……」

自らの妻に対する愛を熱く語るトスカーナ公爵だったが、一度言葉を切ると、向かいに座るリリアーナをじっと見た。

「……それに？」

「これはお二人についての話ですが、マサト様はリリアーナ様のことを憎からず思っているようにお見受けしたのですがな」

「それは、公爵の思い違いでしょう」

リリアーナはわずかに目を見開いてから、笑って軽く流そうとする。

「そうですかな？　殿下とマサト様が同席される場面に私も幾度か居合わせたことがありますが、マサト様が殿下に一定以上の好意を抱いていることが窺える言動があったように思ったのですがな」

「であれば、やはり公爵の思い違いです。マサト様はとても紳士的な御方ですから」

「マサト様の好意に気づかぬリリアーナ様ではないと思ったのですが……」

などと、トスカーナ公爵は外堀を埋めにかかろうとするが――、

「それでは私が魔性の女みたいではありませんか」

と、リリアーナはやはり冗談めかして軽く流そうとする。

「失礼。まあ、一つ目の懸念はわかりましたが、お二人の婚姻にとってそのまま支障となる問題ではないでしょう。リリアーナ様の努力次第とも言えます」

「……ですね」

「それで、他の懸念事項というのは？」

当初こそリリアーナの立場や心境を慮って話をするのに遠慮がちだったトスカーナ公

爵だったが、伊達に宰相を務めているわけではないらしい。話が本題に移ってからは職務のスイッチが入ったのか、王族相手でも実に遠慮なく発言をするようになっている。

「……私が婚姻を結ぶ相手はもともとタカヒサ様という話だったはず。実際、私は今日この日までそのつもりでタカヒサ様と接してきました。その話は白紙になると？」

リリアーナは嘆息し、公爵に問いかけた。

「ええ、そう考えてくださって差し支えありません」

「では、私の婚姻相手をマサト様に変更するに至った理由について。私の妹とマサト様をという選択肢もあるはずですが……」

「それがわからぬリリアーナ様ではないでしょう？　リリアーナ様の婚姻相手に誰が相応しいのかは、我が国の王室典範を踏まえて考える必要がある」

セントステラ王国はシュトラール地方の中でも旧態依然の体質を強く持つ閉鎖的な国家だ。ゆえに、第一王女であるリリアーナとその妹とでは、身分的な取扱いに差が出る。そして、その差は婚姻相手にも適用される。簡潔に説明するなら、リリアーナの婚姻相手と妹の婚姻相手とでは、将来的な王国内での待遇にも差が出てくるということだ。

だから、リリアーナよりも妹の婚姻相手の方が重要人物であることなど、あってはならない。より条件の良い婚姻相手を、リリアーナにこそあてがうべきである。トスカーナ公

爵が言わんとしているのは、そういうことだ。それを踏まえると――、

「……陛下はタカヒサ様を見限った。あるいは、タカヒサ様よりもマサト様を優遇したいと？」

という結論が導かれる。

「見限ったわけではございません。タカヒサ様も勇者である以上、我が国にとって重要な御方であることにも変わりはございません。ですが……」

「何か？」

「タカヒサ様が好かれているのはリリアーナ様ではなく、ミハルという名の少女なのでしょう？　今も少女がいる屋敷へ連日、通い詰めている」

と、トスカーナ公爵はずばり指摘した。

「…………ええ」

頷くリリアーナの表情は少し寂しそうにも見える。

「であれば、より可能性の高い相手をリリアーナ様の婚姻候補に選ぶべきでしょう。今この状況では、マサト様こそリリアーナ様の婚姻相手に相応しい。タカヒサ様の好意がリリアーナ様に向かわれるのであればまた話が変わる余地もございますが」

その可能性は低いと、トスカーナ公爵は既に判断しているのだろう。

というより――、

「そう、ですね」

そんなこと、聡明なリリアーナも理解しているはずなのだ。にもかかわらず、リリアーナが頷く動作は鈍い。すると――、

「それに、なんと申しますか……」

トスカーナ公爵はリリアーナの心情を察しているように彼女の顔色を窺い、何か付け加えようとした。

「遠慮や気遣いは無用です」

公爵が何も言わないので、リリアーナが続きを促す。

「大変申しづらくはありますが、タカヒサ様の情緒は少々不安定であるようにお見受けします。反戦的な思想が強すぎるようにも窺えますし、その辺りのバランス感覚と申しますか、国を導く上での素養をより持ち合わせているとお見受けするのが……」

「……マサト様、というわけですね」

「はい。まあ、情緒が不安定な理由についてはお察ししますし、反戦的な思想については学びを得ることで改善は可能でしょうが……」

少なくともそういったところも改善されない限りは、貴久がリリアーナの婚約者候補と

して返り咲くことはない。トスカーナ公爵は言外にそう告げた。

「…………わかりました」

リリアーナはまだ躊躇いがちに頷く。

「まだ何かおありで？」

「マサト様と婚姻を結ぶ。それが父上の、陛下のお考えだというのならば、マサト様に振り向いていただけるよう努力はします。ですが、場合によってはマサト様の心証を悪くするかもしれません」

「と仰いますと？」

「今日この日まで、私はタカヒサ様の世話役を務めてきたのです。マサト様が勇者になったからといって、露骨に乗り換えるような真似をすればどう思われるか……」

あまりにも都合が良すぎる行いだと思っているのか、リリアーナは後ろめたそうに顔を曇らせた。

「……そこは陛下も懸念なさっておりました。ですので、マサト様と婚姻を結ぶ心づもりでいつつも、表だった変更は徐々に、リリアーナ様のご判断で上手くやるように、と」

「……簡単に仰ってくださいますね」

リリアーナは疲れたように自嘲を覗かせる。

無理もない。婚姻を結ぶつもりでいろという指示は、その者を愛するようにと言っているのと同義である。

つい先ほどまでは貴久と婚姻を結ぶつもりで、貴久を愛そうとしていたのだ。婚姻の自由がないリリアーナにとって、初恋(はつこい)の相手は貴久だったとも言える。

なのに、今すぐに気持ちを切り替(か)えて雅人を愛せと言われたところで、すぐに気持ちを切り替えられるほど人は器用に創られていない。

だが、それでも――、

「気持ちが追いつかないのは理解しますが、お国のためです」

リリアーナ＝セントステラは王族なのだ。国のために、自らを犠牲(ぎせい)にすることが要求される生まれである。

「……承知しています」

雅人に対してなのか、それとも貴久に対してなのか、リリアーナはやはり後ろめたそうな面持ちで頷いた。

【第二章】 ガルアーク王国城で

　セリアが一人でベルトラム王国へ向かった日の午前。

　ガルアーク王国城の訓練場で。

　皇沙月、千堂雅人、坂田弘明、千堂貴久と、四人の勇者が一堂に会していた。四人のすぐ傍にはゴウキやカヨコの姿もあり、顔を突き合わせている。

　どうやらこれから何かを始めるらしい。離れた場所にはクリスティーナやリリアーナがいて、国王フランソワやユグノー公爵、他にも極少数の王侯貴族が見学していた。弘明の補佐官という立場に就いているからか、浩太や怜の姿もある。

「既にお聞きかとは思いますが、この度サツキ殿とマサト殿の武術指南役の任を正式に賜りました。それでせっかくならば、他のお二人もいかがかとお誘いした次第です」

　一緒に屋敷で暮らしている沙月と雅人には直で話をしてあるのだろう。ゴウキが同居人ではない弘明と貴久を見ながら軽く経緯を説明した。そして――、

「この場にいらっしゃるということは、各々強くなりたいという意志を秘めていると考え

てよろしいのですかな？」

と、やはり弘明と貴久の二人を見て問いかける。

「……あー、まあ強くなりたいのは確かだが。俺は自分より弱い奴に教えを請うつもりはないぜ？」

お前に勇者の武術指南役が務まるのかと、弘明は物怖じせずに訊き返した。

「……ゴウキさんは貴方よりずっと強いと思いますよ。この場にいる勇者四人でかかっても勝てない気がしますし」

沙月が呆れを強く込めた眼差しを弘明に向ける。沙月と雅人とは屋敷で同居している間に手合わせをすることが何度もあったが、一度も勝てた例しがない。

「あん？　おいおい、そりゃ流石に盛りすぎだろ。空気を読んで接待プレイをしたんじゃねえのか？」

いかにも訝しそうに疑う弘明。

「ふははは、その猜疑心や大いに結構。となれば、百聞は一見にしかず。某が指南役たり得るか、一つ手合わせでもしてみますか？」

ゴウキが弘明に手合わせを申し込む。すると――、

「ほう……」

弘明が醸し出していた胡乱さが途端に鳴りを潜めて、代わりに警戒心が滲み出た。その理由は――、

（……このおっさんが強いことなんざわかっている）

自分よりもゴウキの方がおそらくは強い、戦えば負けるかもしれないと、何となくわかっているからだろう。

本人がどこまで自覚しているかはともかく、これまでの弘明は自分の立場が優位であるか、勝算が高いと思い込んでいる安全な状況でのみ強気な態度を貫いてきた。それは主には単純な虚栄心によるものだが、人に負けたくない、侮られたくない、という怯えもあったからだろう。ある意味では慎重さの裏返しともいえる。

だが、今の弘明は敗北を知っている。ロダニアでは菊地蓮司という同じ勇者の少年を相手にこの上ない屈辱を味わった。負けたくない、侮られたくない、という気持ちは今でもあるからこそ、表面上の強気な態度を崩すことはしないが――、

「……いいだろう。やろうぜ」

弘明はゴウキとの手合わせを受け容れた。これまでの弘明であれば、自分が負けるかもしれないと思っている場面であれば恥を掻きたくないという意識が表に出て、いっそう強気な態度になるか、より饒舌にでもなっていたかもしれない。だが、今の弘明はそれ以上

何かを言うことはせず、緊張しているのか、表情も強張っていた。

「重畳。では、カヨコよ。審判を」

ゴウキは弘明の心情でも見抜いているかのように、フッと口許をほころばせる。

「ええ」

そうして、ゴウキと弘明は訓練場の中央へ移動していく。カヨコだけが審判として付いていき、沙月達はいったん端へ移って二人の手合わせを観戦することにした。

「ヒロアキ殿が扱う神装、八岐大蛇……でございましたかな。それには少し興味もございました。某の鎌鼬と近似する作りですから」

ゴウキはそう言って、エルダードワーフのドミニクに作ってもらった愛刀『鎌鼬』を腰の鞘から抜き放つ。

「俺もオッサンの得物には興味を持っていたぜ。この世界の刀ってところだろ。鎌鼬とはまた大仰な名前をつけたもんだ」

弘明も神装の刀、八岐大蛇をどこからともなく実体化させて握った。

(日本刀に近い武器を扱うこのオッサンから見て、俺の戦い方がどう映るのか、見てもらおうじゃねえか)

これまで、弘明は誰かに戦いの手ほどきを受けることがなかった。師弟関係になることで誰かの下に就くのが嫌だったというのもあるが、シュトラール地方には刀という武器が存在しないからだ。西洋式の剣を扱う騎士達に、刀を使った戦い方を教えられるはずがないと思い込んでいた。

だが、蓮司に敗北して強さを求めている今、ヤグモ地方で長らく刀という武器を扱ってきたゴウキという武人は、弘明が戦い方を教わるのにうってつけの相手だ。

「身体強化以外の術の使用は禁止。互いの剣術のみで勝敗を決するとしましょうか」

「いいだろう」

弘明は珍しくやる気になっていた。

「では、双方よろしければ開始します」

「うむ」「ああ」

両者、距離を取り、二人とも中段で刀を構える。ゴウキのたたずまいや重心が大木を連想させるほど安定している一方で、弘明のたたずまいは地面に突き刺さった枝のように頼りなく見えた。ともあれ——、

「始め！」

と、カヨコが宣言し、ゴウキと弘明の手合わせが始まる。

「おらっ！」

まずは弘明がゴウキめがけて一直線に突進しようとした。が――、

「っ⁉」

ゴウキも機先を制するように間合いを詰めてきていて、弘明は足を止めた。それでゴウキも足を止めて、数メートルの距離で向かい合う。

「某の出鼻を挫こうと初手から突っ込んできた思い切りの良さは買いますが、見え見えでしたぞ。某が突っ込んでくるとは思っていなかったから、こうして逆に出鼻を挫かれてしまった。想定外だからといって足を止めるのもよろしくはありませんな」

ゴウキは開始早々、弘明に駄目だしをした。

「っ、足を止めているのはオッサンもだろ！」

弘明はムキになって反駁する。

「はっは、これは手痛い。では……」

と、言うや否や、ゴウキが動いた。しかし――、

「……うおっ⁉」

弘明の反応が出遅れる。ずっとゴウキに視点を合わせていたはずなのに、動き出したのがわからなかったのだ。気がつけば目の前まで近づいていた。弘明は慌てて刀を構えて防ごうとするが――、

「ぐっ……」

ゴウキの刀が弘明の刀をあっさりと搦め捕り、そのまま喉元に切っ先を突きつけた。手合わせ終了ともいえる状態だが、ゴウキはすぐに刀を引いて、後ろへ下がり――、

「これで終わってはあっけない。もう少し続けましょうぞ。某からは攻撃しないので、そちらから仕掛けてくるとよろしい」

と、弘明に呼びかける。

「……舐めプかよっ！　くそっ！」

弘明は再び勢いよくゴウキに突っ込み、刀を振るった。しかし、ゴウキは自らの刀を構えるまでもなく、軽く動くだけで間合いの外へと逃れてしまう。

「某に攻撃が当たることを恐れているのなら、遠慮は不要ですぞ？」

「……良い度胸してやがるぜ！」

弘明の闘争心がいっそう燃えたぎる。そこから、ゴウキは完全に受けに回り、弘明が攻める時間が続く。ゴウキは弘明の太刀筋を見事に見切って避け続けながら――、

「ふむ」

と、言ったり――、

「なるほど、なるほど」

などと言っては、弘明の動きを観察していた。

「はあ、はあ……」

やがて呼吸が少し乱れ始めて、弘明が足を止める。

（見事なまでに我流の剣、形無し、であるな。そこいらの者ならこの身体能力だけで圧倒できるのだろうが、なんとももったいない。これは教え甲斐がありそうだ）

と、ゴウキは口許を嬉しそうにほころばせながら、弘明を評価する。

（このおっさん、マジで俺の動きを見切っていやがる。俺が刀を振ろうとした時点でどう刀を振るうか見透かされている感じだ）

予想していた以上に実力差があると痛感したのか、弘明は焦れったそうにゴウキを見つめていた。すると――、

「やはり思い切りは良い。攻撃を当てようと頭を使っているのも窺える。ですが、動きに無駄が多いですなあ。その刀身、本来ならば両手で振るう前提の長さです。雑に振るうだけでは容易く太刀筋を見切られると考えた方がよろしいですぞ」

ゴウキが立ち止まったまま、弘明に追加の講評を告げる。

（ちっ……、俺の動きが読まれるんなら！）

呼吸を整えるフリをしながら、ゴウキへの対策を考えていた弘明。しばらくすると、妙

案が浮かんだらしい。動きを読まれるのなら、読まれても対処できない速度で間合いを埋めればいい。そう考えたのか、今日一番の最高速度でゴウキに突っ込んだ。

「おお……」

――さらに速くなりますか。

と言わんばかりに、ゴウキは目をみはる。だが、瞳に浮かんだ驚きの色とは裏腹に、ゴウキの身体は実に冷静に動いていた。そのまま前に踏み込み、手にした刀を振るう。次の瞬間――、

「っ……」

弘明が握る神装の刀が弾かれて、宙を舞った。刀は地面に突き刺さると、精霊が霊体化するようにそのまま光の粒子となって消えていく。

「…………」

弘明は自分の手から刀が弾かれたことにすら気づけなかったのか、刀を振り終えたようなポーズを取っていた。しかし、すぐに違和感を覚えたのか、その手から刀がなくなっていることに気づいて呆然と立ち尽くす。やがて――、

「……マジかよ」

すげえな、と言わんばかりに、弘明の口許がニヤけた。その目線は八岐大蛇を失った両

手に釘付けである。

「やはり動きに無駄が多いですなあ。今の突撃も、仮にヒロアキ殿が倍速く動いてたとしても、対処できてしまいそうでしたぞ？」

ゴウキは先ほどまでと変わらぬ口調で、飄々と弘明に語りかける。

「あー、そうか」

弘明は刀を失った右手でごしごしと頭を掻いた。

「まだ続けますかな？」

と、ゴウキが問いかけるが――、

「いや、俺の負けだ」

弘明は自分の負けを清々しく認めた。

「ほう。では某が指南役でも良いと？」

「ああ、認める。俺の武術指南役はあんたに頼む。あんた、ってのはまあ、指南を頼む相手にアレだが……。ゴウキの旦那とでも呼ばせてもらおうか」

「ふははは っ、まあ好きにお呼びくだされ」

ゴウキは愉快そうに哄笑するのだった。

◇　◇　◇

手合わせが終わったところで、沙月、雅人、貴久が近づいてくる。観戦していたのでなんとなく結果は予想できているのだろうが——、

「どうでしたか？」

沙月がゴウキに尋ねる。

「無事に認めていただきました」

ゴウキは力強く頷く。

「そうですか。じゃあ、この場にいる四人の指南役はゴウキさんということで、正式に決定でいいのかしら？」

沙月の視線が貴久に向く。

というより、雅人や弘明も貴久に視線を向けた。

戦争や人殺しといった行いに対する忌避感が人一倍強いのが貴久だ。それで少し前には他の勇者三人と言い争いもした。そんな彼がこの場にいて戦う術を学ぼうとしている真意を測りかねているのだろう。すると——、

「タカヒサ殿も、よろしいのですかな？　某が指南役に就任する暁には、より実戦を踏ま

え た戦い方や心構えも叩き込むつもりです。それこそ、人を殺すためだけの技術も」

ゴウキがあえて薪をくべるような物言いをして、貴久に問いかけた。

「俺は……」

何か言おうと口を開く貴久だが、言葉は続かない。

「そこは俺も疑問に思っていたところだ。戦争も人殺しも反対。戦いを避けるために戦う道具を手に取るなんて馬鹿げている、ってのがお前のスタンスなんじゃなかったっけか？」

お前、なんでいるの？

とでも言わんばかりに、弘明は嫌悪感を滲ませて貴久に尋ねた。

「………」

貴久はむっと顔をしかめる。

「弘明さん、いきなり決めつけて話を拗らせないで、まずは貴久君の意見を聞いてあげましょうよ。あれから考えが変わったのかもしれませんし」

雰囲気が悪くなったのを察し、沙月がやんわりと弘明を宥める。

「ちっ、学級委員長様がよ。話を拗らせるのはこいつだろ？　俺は戦争反対なこいつにいちいち邪魔をされて、学ぶべきことが学べなくなるのが嫌なだけだ。修行の進行が遅れるのだって嫌だぞ」

「そこはまあ、わかるんですけど……。そうやって最初から決めつけて喧嘩腰だと、貴久君だって素直に意見を言えないかもしれませんし」

人の考えは変わるものだから、その時その時で相手の話をちゃんと聞いてあげたい、というのが沙月の魅力でもあるのだろう。一方で、弘明は一度相手を決めつけたら、先入観で決めつけがちなのかもしれない。

どちらが正しくて、どちらが間違っているということはないのだろう。対話の姿勢を貫くことで問題が解決される場合もあるし、逆に問題が拗れることだってある。決めつけで動かなくては問題を解決できない局面だってあるだろう。いずれにせよ、人は自分が信じたいものを信じがちだ。

そして今、どちらのスタンスで貴久と接するのが正解なのか、知ることができる者はいない。いるとすれば神くらいだろう。

「だったら、人殺しなんざしたくはなくても、その上で暴力を振るってくる野蛮なアホどもがいたら、力尽くでも撃退する必要がある、って考えられるのが絶対条件だぜ？　そうじゃなきゃ今すぐ立ち去った方がいい」

弘明は貴久に要求を突きつける。すると――、

「……止めてください。別に、俺はリリィに頼まれて一応来ただけですから。邪魔なよう

ならば俺が去ります」

と、貴久は苦々しく言い残して、その場からさっさと立ち去ってしまった。

「あ……」

沙月は手を伸ばして何か声をかけようとしたが、踏みとどまる。貴久の考えが以前と何も変わっていないのなら、弘明が言うようにこの場に残っても意味はないと思ってしまったからだ。

「ほら見ろ。考えなんか変わっていねえよ」

せいせいしたと、弘明は鼻息を荒くして言う。

「…………」

雅人はこの件では兄に対して完全にノータッチを貫くつもりなのか、我関せずといった感じで貴久を視界に収めようともしていない。

「もう」

先輩として、もう少し上手く兄弟の関係を取り持ってあげることはできないかと悩んでいるのだろう。沙月はやるせなさそうに嘆息する。

「まあ、去る者は追わず。無理強いもできませぬ。修練は我々だけで積むとしましょう。どれ、鬱憤を晴らすのにちょうどいいですし、今度はお三方で手合わせをしてもらいましょうか。それぞれの実力を把握し、競争意識も持てるでしょうからな」

ゴウキは手を叩き、三人の気持ちを切り替えさせる。かくして、今度は沙月、雅人、弘明の三人で、手合わせをすることになるのだった。

訓練場から一人立ち去っていく貴久のもとに――、

「タカヒサ様」

リリアーナがドレスの裾を摘まみ、小走りで駆け寄っていった。

「リリィ……。ごめん、やっぱり俺は参加しないことになったよ」

訓練に参加しないことになったからか、貴久は後ろめたそうに視線を逸らす。その上できまりが悪そうに謝罪した。

「……いえ、こちらこそ無理にお願いしてしまい、申し訳ございませんでした。私の我儘を聞いてくださり、ありがとうございます」

リリアーナも儚げな笑みをたたえて、申し訳なさそうに謝罪する。そう、貴久があの場にいたのは、リリアーナに参加してみないかと誘われたからだった。貴久も最初は断ったのだが、珍しく普段よりも強くリリアーナがお願いしてきたから参加だけでもしてみたわけだ。しかし、結果はこの有様である。

「いや、まあ……。いいよ、気にしないで。それより、美春達のところに行こうと思うんだけど、リリィもどうかな？」

と、気まずそうに頬を掻きながら話題を変える貴久。話を逸らしたかったというのもあるのだろうが、美春に会いに行きたいというのがより正確だろうか。

王侯貴族も見学に来ている都合上、美春達はこの訓練場には来ておらず、屋敷に残っている。自分一人では会いに行きづらいから、リリアーナにも付いてきてもらいたいといったところか。だが――、

「……申し訳ございません。マサト様が訓練に参加されますし、私はまだこちらに残ろうかと思います」

リリアーナは闘技場で今まさに弘明と手合わせを始めた雅人を眺めながら、貴久の誘いを断った。

「え……、あ、そっか」

当然、リリアーナなら承諾してくれるだろうとでも思っていたのだろうか？　貴久の言動から戸惑いが滲み出る。洞察力に優れたリリアーナならば当然、そういったことも見抜

いているのだろうが――、

「よろしければお一人でお訪ねになってはいかがですか？　マサト様がお帰りになる際、私も後から参りますから」

と、リリアーナは提案した。

　果たして――、

「……いや、じゃあ、俺も一緒に見学するよ。終わったら一緒に行こうか」

　どうやら一人で美春がいる屋敷を訪(おとず)れる勇気はないらしい。貴久はなんともバツが悪そうに代案を口にした。美春もこの訓練場に来ていて見学しているのならば普通(ふつう)に声をかけられたかもしれないが、過去の失態もあって、一人で屋敷へ行くとなると一気に敷居(しきい)が高くなるのかもしれない。

「……わかりました」

　リリアーナは貴久の返答を予見した上で、先の提案をしたのだろうか？　答えを知る者は、本人以外にはいなかった。

訓練場の見学スペースの一角では、ガルアーク王国の第二王女シャルロットと、ベルトラム王国の第一王女クリスティーナが肩（かた）を並べて座っていた。つい先ほどまではリリアーナもいて王女三人が並んでいたのだが、今は貴久に声をかけにいっている。

フローラはロアナと一緒に少し離れた場所に腰（こし）を下ろしている。他に王侯貴族はいないので、シャルロットとクリスティーナの会話が周囲に聞かれることはないだろう。そうして、訓練場で手合わせをする勇者達の様子を二人で眺めていると――、

「クリスティーナ様。いえ、クリスティーナ女王陛下とお呼びするべきでしょうか？」

ふと、シャルロットがクリスティーナに声をかけた。

「今はまだ王女です。女王を名乗るのは戴冠式（たいかんしき）を行ってからになるので」

苦笑（くしょう）を滲（にじ）ませて答えるクリスティーナ。

「同じ王女ではなくなってしまうと思うと寂しくはありますが、クリスティーナ様の治世が輝（かがや）かしいものになることを切に願っております。正式な祝辞は改めてさせていただきますが、お祝い申し上げます」

「ありがとうございます」

微笑（ほほえ）んで礼を言うクリスティーナだが、憂（うれ）いの籠（こ）もった翳（かげ）りを帯びているようにも見える。その理由を――、

「やはりセリア様のことが気になりますか？」

シャルロットが推察する。そう、クリスティーナは今、レストラシオンからベルトラム王国本国政府に対する使者として、アルボー公爵のもとへセリアをたった一人で送り出している。

「……はい」

クリスティーナは隠さずに頷く。

「大丈夫ですよ。セリア様ならきっと帰ってきます」

と、シャルロットは微塵も躊躇わずに言う。決して軽い気持ちで口にしたわけではないようだ。セリアのことを信じて疑わないという強い意志が瞳に宿っている。

「……強いのですね、シャルロット様は」

クリスティーナは瞠目してシャルロットの横顔を見てから、憧れるように気持ちを吐露した。

「いえ、おそらくは関係性の違いに起因するものです。クリスティーナ様からするとセリア様は今でも目上の恩師なのかもしれませんが、私からすれば対等な友人ですから」

「なるほど……」

「きちんと約束もしましたから。無事に帰ってくると。ですのでクリスティーナ様も信じてあげてくださいな。セリア様が無事に帰ってくることを」

それが上に立つ者の務めですと、口にはしなかったが――、

「……はい」

シャルロットに背中を押されたのか、クリスティーナはゆっくりと頷いた。

「それに、セリア様がお帰りになったら、他の皆様に黙って出発した件で怒られるでしょうから。その時はあることないことを言って、たくさん困らせて差し上げないと」

「どうか、ほどほどに」

悪戯好きな可愛い小悪魔みたいな笑顔を覗かせるシャルロットを見て、クリスティーナは困ったように口許のえくぼを覗かせた。

小一時間後。

手合わせを終えた沙月達が見学スペースへと移動してきた。

「ふいー、疲れた、疲れた」

初日だから見学者も多く、この日は早めに切り上げたのだが、皆良い汗をかけたのか、

なかなか清々しい顔つきをしている。

「お疲れ様です、弘明さん」

「おう」

弘明が右手を挙げ、出迎えてくる怜と浩太に応じる。一方で――、

「あれ、兄貴まだ残っていたのか？」

雅人がリリアーナと一緒にいる貴久を見つけ、意外そうに声をかけた。

「……ああ、まあな。雅人のことも心配だったし」

と、貴久は雅人から目線を逸らしつつ答える。

「ふーん」

雅人は素っ気なく相槌を打つ。意見の違いで対立することもあるが、心配してくれたことは嬉しかったのだろうか、ちょっと照れ臭そうにも見えた。と、そこで――、

「お疲れ様でした、マサト様。どうぞ、お飲みください」

リリアーナが冷えた飲み物をトレーに載せて、雅人に手渡した。

「うおっ、ありがとうございます、リリアーナ姫！」

お姫様が直々に飲み物を運んでくれたことに驚いたのか、雅人は丁重な手つきでトレーからグラスを受け取った。とはいえ、喉の渇きには抗えなかったのだろう。そのまぐい

っと、勢いよく飲み干すと――、

「かあー、生き返る!」

と、風呂上がりの一杯でも飲んだ男性みたいなことを言う。

「おっさん臭いわよ、雅人君」

沙月が雅人を見てくすりと笑うと――、

「サツキ様もどうぞ、お召し上がりください」

シャルロットがリリアーナと同じように、沙月へ飲み物を運んできた。

「ありがとう、シャルちゃん」

「ゴウキ様にカヨコ様も。ご用意させてありますので」

「おお、これはかたじけない」

「ありがとうございます」

ゴウキとカヨコも礼を言って、シャルロットの従者から飲み物を受け取った。

「おいおい、お前らは冷えた飲み物の一つも用意していないのか?」

「いやあ、まあ……」

弘明は手ぶらな怜と浩太の補佐官コンビを見て、気が利かない奴らだと嘆かわしそうに嘆息する。と――、

「どうぞ、ヒロアキ様」

ロアナがやってきて、トレーに載せた冷えた飲み物を弘明に献上した。

「ふっ、流石はロアナだぜ。ありがとな」

「ほら、そこはね。むさ苦しい俺らに飲み物を貰っても嬉しくないと思って、ロアナさんにお任せしていたんですよ」

怜がすかさず弘明の脇から釈明する。

「まあ、そういうことにしておいてやろう」

弘明はフッと笑って、飲み物を口に含んだ。すると――、

「あ、坂田さん」

沙月がふと思い出したように、弘明に声をかける。

「……あん？」

訓練も終わって、特に用もないのに沙月から声をかけられるとは思っていなかったのだろう。弘明が怪訝そうに返事をする。

「今晩、クリスティーナ王女やフローラ王女も呼んで夕食会を開くんですけど、良かったら弘明さんもいかがです？」

「……あ？」

どういう風の吹き回しだよと、弘明は訝しそうに沙月を見つめた。

「なんですか、その目は？　これから三人でゴウキさんから指導を受けるわけですし、懇親会でもって思っただけですよ。せっかくですからロアナさんはもちろん、斉木君と村雲君もご一緒にって」

と、沙月は弘明に声をかけた用向きを語る。

「懇親会、ねえ。あー……」

あまり気乗りもしないし、俺はいいや。といった感じで、弘明が何か言おうとしたところで——、

「ちょ、弘明さん」

怜がぐいっと弘明の腕を引っ張った。

「お、おい、なんだよ、怜？」

「今、断る気だったでしょ？」

沙月には背を向けて、怜はひそひそと話をする。

「ん、ああ、まあ」

「馬鹿。弘明さんの馬鹿」

「あん、なんだよ、怜。お前、行きたいのか？」

「行きたいですよ！　沙月さん達が暮らす屋敷といったら、住人が美少女揃いだってもっぱらの噂ですよ？　サラさん、オーフィアさん、アルマちゃんだって久々に拝みた……、じゃなくて、お礼を言わないといけませんし。クリスティーナ王女やフローラ王女も来るんでしょ？」

と、怜は熱く弘明に訴えかけた。

すぐ傍にいるロアナや浩太には会話の内容が筒抜けである。少し離れた場所で他の王侯貴族と話をしていたクリスティーナやフローラも、自分達の名前が出たことには気づいたのか、どうしたんだろうと小首を傾げていた。

「……いや、お前、ローザっていう婚約者がいるだろ？」

弘明は多分に呆れを孕んだ眼差しを怜に問いかける。

「それはそれ、これはこれ！　遊びたいじゃないですか！　俺、まだ十七ですよ？」

婚約者はいますよ。でも、俺十七歳ですよ。遊びたいですよ。と、怜は十七歳という年齢にさも正当性があるかのように、破綻した三段論法を披露した。

「あー、まあ、どうもなあ……」

弘明の反応は微妙だが――、

「そんなの弘明さんらしくないっす。全然らしくないっす。俺、ノリノリな弘明さんが見たいっす。以前は令嬢とのお茶会なんかも開いてイケイケで遊んでいたんでしょ？」

怜は食い下がる。

「そう、なんだが……」

確かに、言われてみれば不思議だった。以前の弘明ならば美少女が集う会合には積極的に乗り込んで、その場の主役になろうとしていたはずなのだ。後になって客観的に振り返っているからか、弘明自身も多少の自覚はあるらしい。

（どうも食指が動かんというか……。彼氏のいる女に興味が湧かねえ的な？）

と、弘明は気乗りしない理由を考える。だが、別に沙月達に婚約者の男がいるなんて話は聞いたこともない。少なくとも弘明が知る限りでは、屋敷の住人達は全員フリーであるはずだ。だからこそ、怜が異様にがっついているわけでもある。

それから、弘明は何秒か思案すると、不意に沙月を見て――、

（ああ、小煩い沙月がいるせいだな）

と、結論を出した。弘明と視線が合うと――、

「……なんです？　出席するんですか、しないんですか？」

沙月が小首を傾げ、億劫そうに返事を促す。

「ちょっと待ってろ。今決める」

「っ……、早めに決めてくださると嬉しいです」

沙月が引きつった笑みを取り繕って応える。弘明の物言いが癇に障ったらしいが、我慢したようだ。すると、ロアナが申し訳なさそうに、ぺこりと頭を下げた。

（なんでこんな良い子がこんな男に尽くしているのかしら？）

沙月は理解できないと言わんばかりに溜息をつき、嘆かわしそうに首を横に振った。

「ほら、沙月さんを待たせちゃいけないし、もう出席で返事しましょうよ」

「どっちみち先輩じゃ、あの屋敷にいる子達に相手にされないと思いますけど」

弘明に出席を急かす怜に、浩太がぼそっと呟く。

「うるせえなあ、最近ミカエラちゃんと付き合えそうだからって。リア充は黙ってろ」

ちなみに、ミカエラというのは怜の婚約者であるローザの友人であり、ベルトラム王国の下級貴族の家に生まれた少女のことである。

「い、いや、別にそういう仲じゃないですよ」

「は？　おい、それ俺聞いてねえぞ、浩太」

「いや、だからそういう仲じゃないですから、言うも何も……」

「聞いてくださいよ、弘明さん。こいつ待ち専の卑怯な……」

などと、男三人でどんどん話を脱線させていくと――、

「あの、ヒロアキ様」

ロアナが見かねて弘明の名を呼んだ。

「ん、なんだ？」

「その、いつまでもサツキ様をお待たせしてしまうのは失礼になりますから、早くお返事をして差し上げないと……」

「あー、なら行くか。おい、沙月。ここにいる全員出席だ」

どうせ予定もないんだしと、弘明はようやく答えを出した。そのまま待ちわびていた沙月に向けて出席の意思表示をする。

「はいはい。じゃあまた後で」

沙月は手をひらひらと振って、踵を返した。

「よっし！　よし！」

怜は力強く右の拳を握りしめ、渾身のガッツポーズを取るが――、

「あまり羽目を外すようだと、後でローザに言いますわよ？」

ロアナが冷ややかな眼差しで怜に対し呟いた。

「そ、そりゃないっすよ、ロアナさん……」

怜は途端に弱々しく頽れる。一方で、貴久はそんな男子三人と公爵令嬢一人のやりと

りを傍から眺めていた。そして――、

「今夜は食事会みたいなのがあるんだ？」

二人で談笑していた雅人とリリアーナに、貴久が質問を投げかけた。

「そういえばお伝えしていませんでしたね」

「……ああ、兄貴も来るんなら来れば？」

雅人もリリアーナも懇親会の話は既に聞いていたというか、どうやら既に出席することが決まっていたらしい。

（訓練場に来る前にも話をする時間があったんだから、もっと早く教えてくれれば良かったのに……）

と、ちょっとした疎外感を覚える貴久だったが――、

「ああ、参加するよ」

断る理由はない。というより、参加したいのだろう。二つ返事で頷いた。

「では、一度部屋に戻って着替えを済ませてくるのがよいかもしれませんね」

今の貴久は訓練に参加するため、生地の分厚いクロースアーマーを着用している。動きやすい私服に着替えてみてはどうかと、リリアーナが提案した。

「そうだね。じゃあ……」

お城まで一緒に戻ろうかと、貴久が誘おうとすると――、

「はい、また後ほど。私はマサト様にご一緒して先に屋敷へ伺いますので」

タカヒサ様は後からお越しください――と、リリアーナが先に言葉を被せる。

「え……、あ、うん」

貴久は鳩が豆鉄砲でも食ったみたいに、尻すぼみに頷いた。もしかしなくとも、リリアーナが自分以外の誰かと行動することを優先したのが想定外だったようだ。

「……じゃあ、行きますか、リリアーナ姫」

雅人もリリアーナが貴久を放置したのが少し意外だったのか、わずかに目を見開く。ただ、兄には良い薬だとでも思ったのか、その流れに乗った。

「はい、マサト様」

そうして、当然のように肩を並べて歩いて行くリリアーナと雅人。以前ならば、貴久が雅人の位置にいた。いや、リリアーナが貴久の隣にいたのだ。なのに――、

（どうして……？）

俺じゃなくて、雅人の隣にいるんだ？

リリアーナにこれといった意図はないのかもしれない。いちいち気にするようなことでもないのかもしれない。

けど、なぜだか自分が蔑ろにされてしまったような孤立感を覚えてしまって……。手放したつもりはないのに、失ってしまったような喪失感が湧き起こってきて……。高所から落下するような焦燥感に襲われてしまったのか――、

「…………」

貴久は呆然と、二人の背中を眺め続けた。

そして、その日の晩。

沙月達が暮らす屋敷には多くの来客が押し寄せていた。懇親会は立食形式で、ダイニングに置かれたテーブルに数々の料理が並んでいる。もちろん立って話すのに疲れるようであれば、着席することも可能だ。

「おい、雅人。次は負けないからな」

「へへ、望むところですよ。俺も次こそ沙月姉ちゃんに勝ちたいし」

「まったくだ。ちっ、まさかこの女に負けるとは……」

「相性ですよ、相性。私の神装は長物ですし、薙刀だってずっと習っていたんで」

　などと、訓練に参加した弘明、雅人、沙月の会話が飛び交っている。ちなみに、三人の会話からも窺えるように、手合わせの結果としては、沙月は雅人と弘明に勝利し、雅人は弘明に勝利し、弘明は沙月にも雅人にも敗北するという結果で終わった。

　抜き身の神装を振るい、互いに未熟であるからこそ、攻撃するのに萎縮してしまうという拙い場面もあったが、現時点での互いの実力を把握することはできた。それで弘明と雅人は良い感じにライバル意識を抱くようになったらしい。一方で――、

「…………」

　同じ勇者なのに、会話に加われないのが訓練には参加しなかった貴久だ。他の勇者達を眺めることしかできず、気まずい疎外感を味わっている。

「やはりタカヒサ様も訓練に参加されてはいかがですか？　共通の話題も出来ますし」

　リリアーナが気を遣ったのか、隣から貴久に提案した。

「いや、俺は……いいよ」

　自分の考えを曲げるつもりはないのか、貴久は苦虫でも噛み潰すようにかぶりを振る。

一方で――、

「おい、うるせえぞ、怜」

「いた、ちょ、待って、待ってくださいって、弘明さん」

玲が弘明のことを何か茶化したのか、ヘッドロックを喰らっていた。タップしてギブアップを訴えている。

「ははは、おもしれえな、弘明兄ちゃん達」

雅人はおかしそうに笑っていた。

「あわわ、大丈夫でしょうか？」

玲を心配するフローラ。王族で育ちの良い彼女からすると、なかなかに刺激的な光景に映るのだろう。実際、貴族同士であんな真似をすれば、下手をするとお家同士の対立にもなりかねない。

「大丈夫。あの年頃の男子なんて、あんなもんですよ。私達がいた世界の学校だと、日常的な光景です」

同年代の幼稚な男子生徒達を思い出したのか、沙月がやれやれと語る。

「そ、そう、なのですか？」

「ええ、この世界に来て久しぶりに見たんで、なんだか懐かしいかも」

地球にいた頃のことを思い出したのか、沙月はおかしそうに微笑んだ。

「私も最初は驚きましたが、どうやらヒロアキ様達の世界では同年代の殿方同士でああやってスキンシップをとるそうです」

日頃から弘明達と行動を共にすることが多いロアナが、フローラに説明する。

「なるほど……」

フローラは物珍しそうに唸り、得心した。

「いや、そうやって改まった説明をされると絶妙に意味が違うような。もっとこう、単に幼稚なだけというか……」

妙な誤解が生じている気がしたのか、沙月が困り顔で補足しようとする。

「ひ、弘明さん、浩太のことはいいんですか？　ミカエラちゃんの話を聞いてやってくださいよ」

怜が白羽の矢を浩太に立てさせようとする。

「おう、そうだ。浩太、お前詳しく聞かせろよ。待ち専がなんだって？」

「ちょ、止めてくださいよ、本当に何もないんですから」

「まあヘタレのお前から何かするとは俺も思っちゃいない。だが、ミカエラの側から何かしてくる可能性は大いにあると思っている。そういうことだろ、怜？」

こういう下世話な話についてはなかなか鋭い嗅覚を持ち合わせているのか、弘明はずばり推察して怜に問いかける。

「まさしく、その通りっす！」

「いや、本当に何もありませんから！」

と、必死に話を収めようとする浩太だが――、

「何かあるかどうかはお前が判断するんじゃねえよ。この俺が判断する」

弘明はここでようやく怜のことを解放してやると、親指で自分をびしっと指し示した。

「そんな理不尽な……」

「はは、俺も浩太兄ちゃんのこと聞きたいな」

「雅人君まで」

雅人が興味津々に手を挙げると、浩太が困り果てたように肩を落とす。

「よーし、勇者二人からのリクエストだ。というわけで話せ、怜」

「了解！」

怜はおどけて敬礼のポーズを取ると、浩太とミカエラの間で起きている最近の出来事を語り始める。そんな日本の少年達の会話を眺めながら――、

「ああいう話で盛り上がるところを見ると、世界が変わっても精神的な成熟の度合いに大差はないのかもしれませんね」

と、クリスティーナが微笑ましそうに言う。確かに、こういう下世話な話でつい盛り上がってしまうのは、世界が変わっても同じようだ。

「かもしれませんね」

沙月がくすりと笑って同意する。気がつけば、地球出身の男性陣と、それ以外の女性陣とでグループが自然と形成されていた。

ロアナも普段なら弘明の傍でつかず離れずの位置を保っているのだが、気心の知れた男子達の会話にまで立ち入るのは野暮と考えているのか、今はクリスティーナやフローラの傍に控えている。

例外は年長者としてカヨコと一緒に若者達の様子を見守っているゴウキと、貴久くらいか。貴久については同じ世界の出身で、歳が近いにもかかわらず弘明達から距離を置いているので、浮いてしまっている感が強い。

貴久は消去法でリリアーナの隣にいるからか、配置上は女性陣の輪に交じっていた。だが、だからといって女性陣の輪に加わっていくわけでもなく――、

「なあ、リリィ。美春はどうしているか知っている？」

この場にはいない美春のことを気にしていた。

「……我々を歓迎するため、自ら調理してくださっているようです。この場には他の皆様と一緒に後から加わるとか」

そう、美春は調理担当として裏方に回っている。

ちなみに、ラティーファ、サラ、オーフィア、アルマに、ゴウキとカヨコとコモモを除くヤグモ組の面々も、調理や給仕を行っていたりする。この屋敷ではお城の使用人などは基本的に迎え入れておらず、自分達でできることは自分達でするようにしているからだ。

「……そっか。俺も何か手伝ってこようかな」

連日、屋敷へ通い詰めているのに美春との関係を修復できていない焦りゆえか、あるいはこの場に上手く馴染めていない疎外感が拍車をかけているのか、貴久はすっかり心ここにあらずで、会場を離れて美春がいるキッチンへ向かおうとした。こうして行動を共にしているリリアーナのことは視界に入っていない。

「おやめください。タカヒサ様は来賓としてこの場におられるのですから」

リリアーナはやんわりと貴久を諌めた。すると――、

「けど、俺がここにいたって仕方がないし……」

挙げ句、貴久がそんなことを言いだす。

だったら、なぜこの懇親会に出席したのか？

という話だ。

その問いかけは誰だって真っ先に思い浮かべることだろう。

だが、そこから生産的な答えが返ってくるとも思えない。それに、わざわざ尋ねるまで

もなく、リリアーナはその答えを知っている。

美春がいるからだ。美春がこの屋敷で暮らしているから、貴久はこの懇親会に進んで出席しようとしたのだ。やはり今でも、貴久は美春のことしか見えていない。それがわからぬリリアーナではない。

「……そのようなことはございません。タカヒサ様がこの場におられる意味は確かにございます」

「そうかな？　ここに俺なんかいなくたって、誰も何も変わらないと思うけど……」

貴久はいまだ未練がましそうにキッチンの方角を眺めながら、自嘲して答えた。それからふと視線を外して会場を見回してみると――、

「おい、雅人、羨ましいぞ。普段から可愛い女の子に囲まれて暮らしているんだろ？」

「いやいや、怜兄ちゃんだって可愛い婚約者がいるんだろ？」

「先輩、遂に小学生の男の子にまで嫉妬するなんて……」

などと、すっかり弘明達と上手く打ち解けている雅人の姿が、貴久の視界に映る。自分とは対照的な姿を見せつけられたからか――、

「……俺なんか、この場にいないみたいだ。最初から誰も俺のことなんか覚えていなかったみたいに、誰、も、俺、の、こ、と、な、ん、か、見、て、い、な、い。俺をちゃんと見てくれるのは亜紀くらいだ

けど、その亜紀だって……」

今は美春達と一緒にいる——と、貴久は再び美春がいるキッチンの方を未練がましそうに見つめた。すると——、

「それこそ、そのようなことはございません。この場にいる意味がないだなんて、誰もタカヒサ様のことを見ていないなんて、私は……、見ようとしていないのは……」

リリアーナが珍しく、感情の籠もった語気で貴久に異論を唱えようとした。だが、何か言おうとした途中で言葉が切れる。

発言からくみ取るに、誰も貴久のことなんか見ていない、自分なんかいなくたって、誰も何も変わらない、という貴久の言葉が想定外に突き刺さったのかもしれない。

だって、今日この日まで、リリアーナは貴久のことをずっと見てきたのだ。なのに、貴久は美春のことしか見えていなくて……。

——私は、ずっとタカヒサ様のことを見てきました。けど、貴方は私のことなんか見ていなくて……。私の方こそ、貴方の傍にいた意味はあったのですか？

とでも言いたそうな眼差しで、リリアーナは貴久の顔をじっと見つめた。それで二人の視線が重なるが——、

「どうしたの？」

貴久は何もわかっていないのか、言ってくれなきゃわからないよとでも言わんばかりに首を傾げる。

「……いえ、タカヒサ様のことを見ている者は確かにいました。どうかそのことを、今は分からなくても、覚えていてください」

リリアーナは諦観するように息をつき、ゆっくりとかぶりを振った。

すると——、

「お二人とも、どうかなさったのですか？」

コモモが声をかけてきた。貴久とリリアーナの様子が少しおかしいと思ったのか、気を遣って話しかけてくれたらしい。何歳も年下の女の子に気を遣われてしまったことを恥じたのか——、

「いえ、恥ずかしながら少しむせそうになってしまって。もう大丈夫です」

リリアーナはほんの少し前まで曇らせていた表情を嘘みたいに消して、美しい笑みをたたえたのだった。

【第三章】❖ 帰省

ベルトラム王国東部のとある都市で。日が沈む逢魔が時に、宿屋に駆け込む女性二人がいた。セリアとアリアである。

　時間帯が時間帯なので部屋が埋まっている宿屋も多い中、何軒か巡ったところで運良く今夜の寝床を確保した。そうして、部屋に入ると――、

「無事に部屋を取れて良かったわね」

　セリアがベッドに腰を下ろし、息をついて疲れを吐き出した。

「ですね。長距離の移動、お疲れ様でした」

「アリアもね」

「私は貴方にくっついていただけですから」

　疲れる要因は特になかったと、アリアはかぶりを振る。

「でも、乗り心地……というか、運ばれ心地、いや、抱き心地？　はあまり良くなかったでしょ。速度も出していたし」

結局、アマンドからこの都市までの飛行中、アリアはずっとセリアに抱きついたままだった。どういう言葉選びをするのが正確なのかと、セリアが首を捻って語ると――、

「いえ、セリアの身体は素晴らしい抱き心地でしたよ」

アリアがくすりと笑って言う。

「……も、もう、からかわないでよ」

セリアは頬を赤らめて俯いてしまった。

「からかってはいませんよ。ですが、確かに速度はすごかったですね。それよりすごいのが、アレだけ加速しているのに空気抵抗をほとんど感じなかったことですが……」

物体が空気中を移動すると、物体は空気と衝突しながら移動することになるので、進行方向とは逆向きに空気の抵抗を受ける。これがいわゆる空気抵抗なのだが――、

「光の翼が展開されると、使用者の周囲に空気抵抗を中和する風の結界が展開されるみたいね。どの程度の速度まで耐えられるのかはまだわからないけど……」

セリア自身も新たに習得した《光翼飛翔魔法》のことをまだ余すことなく理解しているわけではない。ただ、リオが精霊術で飛行している時は空気抵抗を減らすよう自分の周囲に結界を張っていると言っていたので、この魔法にも似た結界が張られているのだろうと判断したようだ。

「では、速度はもっと上げることができたんですか？」

「ええ。使用者が込める魔力量次第でね。ただ、速度を出そうとすればするほど、燃費は悪くなっていくから、私の魔力量で長距離移動しようとするとあのくらいが限界になる感じかしら」

リオならばもっと速度を出しても、休みなしで飛び続けることができるのだが、それはリオの魔力量がおかしいだけだ。

「なるほど……。この調子なら明日の午前中にはクレイアにたどり着けそうですが、魔力は保ちそうですか？」

「うん。リーゼロッテさんから頂いた魔力結晶もあるし。とりあえず今夜はゆっくり寝て休んで、それで回復しきれない分は出発前に石を使って補うわ」

体調によって微妙に増減はするのだが、一般的に人の魔力は夜に睡眠を取ることで三割が回復するとされている。起きている間は魔力の回復速度が落ちるので、消費した魔力を自然に早く回復させたいのなら眠るのが一番というわけだ。

「了解。必要なら魔物を狩って魔石を集めてくるので、言ってください」

「ありがとう。でも、とりあえずは大丈夫よ。アリアもゆっくり休んで」

「わかりました」

◇　◇　◇

一方で、セリア達が宿屋に入った頃のことだ。

場所は変わり、ベルトラム王国のクレール伯爵領、領都クレイアで。伯爵邸を巡回する見回りの目を盗んで――、

「よう、アレイン。他の連中は持ち場についたぜ」

敷地の外で活動する傭兵達がいた。かつてルシウス＝オルグィーユが率いていた天上の獅子団に所属する者達だ。ルッチという名の大柄の男が、同僚のアレインに近づいて声をかけている。その腰にはルシウスの形見である漆黒の魔剣を携えられていた。

すっかり日も暮れて、薄暗くなった屋外で――、

「よし。なら、レイスの旦那達が来るまで待機だな。交代で眠りに就くぞ。お前が最初に寝ておけ」

と、アレインが指示する。だが、ルッチはその場に立ち尽くしたまま、伯爵邸に視線を向けていて――、

「……なあ、アレイン。レイスの旦那の目的は伯爵夫人なんだろ？　なら、俺らが先に行

って身柄を押さえちまえばいいんじゃねえのか？」

レイスの到着を待つまでもなく、自分達で行動を起こしてしまえばいいのではないかと提案した。

「馬鹿か。俺らは砦を出てガルアーク王国へ向かったことになってんだ。先にクレール伯爵領に潜入して身柄を押さえたとして、その後はどうするんだよ？　身柄を押さえておきましたよと、馬鹿正直に報告して明け渡すのか？」

アレインは呆れた顔でルッチに尋ねる。息子のシャルルはともかく、父親のアルボー公爵はやり手だ。完全にはレイスを信用していない節もある。独断でやりたい放題していたと知られれば、最低限の信用すら失うことになりかねない。

仮に上手いこと後処理をして伯爵夫人の身柄をアルボー公爵に渡せたとしても、状況的にレイスが怪しまれる可能性は高い。だから――、

「話を拗らせないためにも、俺達が動いて気取られるのはまずい。レイスの旦那達が来るのを待って、正規の手続でシャルルに身柄を押さえてもらうのが一番だ」

と、アレインは付け加えた。そもそも、彼らから見ればセリアがクレール伯爵領に向かっているのかどうかもわからないのだ。仮に来るとしても、伯爵夫人を連れて行こうとするかもわからない。レイスより早く来るかもしれないし、来ないかもしれない。

何の問題もなく伯爵夫人の身柄を差し押さえられる可能性があるのに、あえて話が拗れるような真似をしてまでアレイン達が行動を起こし、身柄を押さえる必要性や緊急性があるのかという話だ。行動を起こすのならば、話が拗れない方法で行う必要がある。

「……だがよ。もしあの女がやってきたら、その時は行動を起こすんだろ？」

「その通りだ。あの女が魔道船に乗った旦那達より早く姿を現すようなら、消せるようなら消すようにと指示を受けている。俺らの仕業だとは知られないように、な」

「つまり、俺らの任務はあのチビ女の始末で、伯爵夫人の身柄を押さえることは含まれていないってことか？」

「ああ。俺らがあの女を始末できれば、結果的にあの女が伯爵夫人をどこかへ連れ去るのも防ぐことができる」

「そういうことか……。ま、あの女と戦えるならいいぜ」

ルッチが好戦的な笑みを覗かせる。

砦で剣を交えた時のセリアと再戦したいのだろう。

しかし――、

「あのな。あっちの準備が万全な状態で、わざわざ真っ向勝負で戦わねえよ。なんのためにガルアークにいる連中まで増援として引っ張ってきて、こうして屋敷を周囲から見張っているとと思ってやがる？」

「あの女を確実に仕留めるため、だろ？」

「まあ、突き詰めるとそうなんだが……。あの女を先に捕捉するためだろ。で、何のために先に捕捉する必要があるかといえば……」

「あの女が妙な魔法を使う前に殺すため、か？」

アレインが皆まで言う前に、ルッチがあまり面白くはなさそうな顔で推測する。

「そうだ。わかっているじゃねえか。どういう仕組みは知らんが、砦で使ったあの妙な魔術だか魔法。アレさえ使われなければ、あの女の素の強さはそこら辺にいる女とさして変わらないはずだ。魔法さえ使われなければ脅威じゃない」

だから、セリアに魔法を使われる前に殺す。そういうことだ。

「暗殺ってのは面白くねえんだよな」

あくまでも真っ向勝負で十全のセリアと戦ってひねり潰したいのだろう。ルッチがぼやくと――、

「そういうところはお前が一番、団長に似ているのかもな」

今は亡きルシウスのことを思い出したのか、アレインがぽつりと漏らした。

「……はっ。だが、現団長はお前だ。しっかりしろよ、アレイン。俺はお前の立てた作戦

の通りに動いてやる」

「ソレはこっちの台詞だ。団の管理は俺がすることに決まったが、団長の魔剣を受け継いだお前がうちの看板だ。それを忘れるなよ」

　不敵な眼差しで見つめ合う二人だが――、

「……ああ。この剣に恥じるような無様はしねえよ」

　ルッチは腰の剣に手を触れると、神妙な面持ちで頷いた。

　そして翌日。早朝の内に都市を出発したセリア達は、午前の早い時間帯にクレール伯爵領の領都クレイアに到着した。

　二人で門をくぐり、都市の中を進んでいく。以前に来た時もそうだったが、通りには職にあぶれていそうな者の姿が目立つ。

　セリアも後から聞いて知ったことだが、アルボー公爵が手を回して、親王派の貴族達の領地に移民が押し寄せているらしい。その内訳はかつてユグノー公爵派の領地で働き職を得ていた者達だという。

治安の悪化を防ぐためにもローランが臨時の職を用意して可能な限り対応しているらしいが、状況はなかなか厳しいのだろう。

そんな街並みを――、

「…………」

セリアは物憂げに見回している。ただ、だからといって今の彼女にできることは何もなく、小さく溜息をついた。すると――、

「街の様子が気になりますか？」

アリアが横から尋ねる。

「え……？　うん、数ヶ月前にも来たんだけど……、その時も都市の様子はほとんど見て回れなかったから」

最後に来たのはリオと一緒に来た時だ。その時のことを思い出したのか、セリアの瞳が淋しそうに揺らぐ。

「でしたら、帰りにお忍びで見て回るのもいいかもしれませんね。移動が早すぎたせいで旅らしいこともできていないですし、それに……」

「それに？」

「私もたまには落ち着いた休暇が欲しいところです。気の知れた旧友でも一緒だとなお良

いですね」

アリアは旧友の気持ちを慮(おもんぱか)ったのか、嘆息(たんそく)してそんなことを言う。

「……そっか。じゃあ、帰りはのんびりいきましょうか。私の用件に付き合ってもらったお礼に、私も貴方の休暇に付き合ってあげる」

セリアは嬉(うれ)しそうに微笑(ほほえ)む。

「となれば、早めに用向きを済ませましょう。アルボー公爵の手勢に先回りされては目も当てられません」

「そうね。行きましょうか」

頷き、表情を引き締(し)めるセリア。

「その前に少し。アルボー公爵の手勢が既にいる可能性もありますから、私に考えがあります」

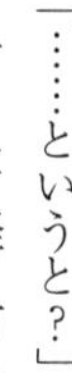

「……というと？」

そうして軽く打ち合わせをし、二人は伯爵邸を目指すのだった。

◇　◇　◇

それから、クレール伯爵邸。

アレインとルッチは敷地の外れに潜み、正面口の門に繋がる道を監視していた。すると屋敷の敷地に近づく者を視認する。

「……おい」

最初に発見したのはアレインだった。

屋敷に近づいてくる者の数は一人。

「……おいおい、すげえ上玉じゃねえか」

ルッチは屋敷へ近づく人物を見て、大きく目をみはった。

対象は冒険者風の装いをした、妙齢の女性である。髪の色は金髪。相当鍛えているのか細身で引き締まった身体をしながら。女性的な肉付きの良さもしっかりと感じさせるグラマラスな肉体の持ち主でもあった。

その上、何よりも特筆すべきは彫刻のように端整な顔立ちである。街中ですれ違って顔を視界に収めてしまったが最後、男はもちろん女であっても、立ち止まって視線を吸い寄せられない者はいないだろうと断言したくなるほどに美しい顔をしていた。

果たして、その女性の正体はセリアの旧友であるアリアであるわけだが……。アリアの容姿ばかりに意識を奪われているルッチを――、

「馬鹿野郎(ばかやろう)。それより腰を見ろ」

アレインが注意した。

「ああ、確かに良い腰つきだ。ぜひお相手願いたいぜ」

「違う。剣だ。かなりの業物(わざもの)だぞ、アレは」

「あん……？　ああ、魔剣か？」

ここでようやく、ルッチの視線がアリアの腰に収められた魔剣に向かった。

「来客だと思うが、どこぞの貴族出身の騎士(きし)か？　どこかで見たことがあるような……」

アレインは既視感(きしかん)を抱いているのか、アリアをじっと凝視(ぎょうし)した。

「俺(おれ)が調べてきてやろうか？」

ナンパでもするような風情(ふぜい)で、ルッチが提案する。

「ふざけるな」

「ちっ、他に見張りもいるんだから、いいだろうに」

アリアがそれだけ魅力的(みりょくてき)だからか、ルッチは名残惜(なごりお)しそうな眼差(まなざ)しを向ける。

「他の連中は別の場所を見張ってるんだ」

そうこうしている内に、アリアは正門から堂々と屋敷の敷地へ入ってしまった。それで諦(あきら)めもついたのか――、

「しゃあねえなあ……」

ルッチは溜息をついて諦める。

それから、さらに十分以上は経っただろうか？　屋敷の庭を動き回る警備兵や、使用人達の姿は見えるが、これといった異変は特に起きなかった。

ただ、屋敷へ続く道を歩いてくる人物が、新たにもう一人現れると、傭兵二人の注目がそちらに移った。

「……ちっ、フードを被ってやがるな」

ルッチが舌打ちする。その言葉通り、やってきた人物が外套のフードを深く被っているからだ。彼らが潜んでいる場所からでは顔が視認できない。ただ――、

「……あの背格好、怪しいな」

アレインがぽつりと呟いた。

「確かに、あのチビ女の背格好と一致するな」

ルッチも険しい目つきで対象を睨む。

「帯剣しているな。安物ではなさそうだが、あまり使い込まれている感じでもない」

アレインとセリアの距離は軽く七十メートルはあるが、よく観察していた。

「ふん、あのチビ女が自前の剣を新調して実家へ戻って来たってか？」

「可能性はあるだろうな」

「となると、今度こそ当たりか？　どうするよ？　あのチビ女だとして、屋敷に入られるのは面倒だろ？　とりあえず殺しちまうか？」

「…………………」

ルッチからの質問に、即答しないアレイン。その理由は仮にフードを被った人物がセリアではないとすると、死体処理の手間が増えて面倒になるからだ。見張りの兵士に目撃されるリスクも少なからずある。

だが、ルッチが言うようにやってきたのがセリアで、屋敷に入られると余計に面倒だ。傍からよく視認できる場所で、一方的に攻撃できる絶好の機会は今だけである。

果たして――、

「仕方ない。やるぞ。俺がここから魔法で攻撃する。お前は同時に間合いを詰めてとどめを刺して本人確認だ。で、すぐに戻れ。あの女じゃない場合は死体の回収も忘れずにな」

アレインが決断した。

「了解」

「……よし、行け、ルッチ！　《光弾魔法》」

と、指示するのと同時に、アレインはセリアに向けて手をかざしていた。そして、呪文を詠唱する。

「おう」

ルッチも返事をした時点ではルシウスの魔剣を抜いて身体強化を施し、フードを被った人物めがけて駆けだしていた。この時点でルッチとセリアの距離は六十メートル。魔剣で肉体を強化したルッチであればほんの二、三秒で埋まる。が――、

「…………がっ⁉」「あ？」

手元に魔法陣が浮かび、今まさに攻撃を射出しようとしていたアレインが妙な声を出した。背後に異変を感じ、すかさず振り向く。

すると、そこには――、

「いったいここで何をなさっているので？」

魔剣を握り、アレインを昏倒させた、アリアが立っていた。

セリアが屋敷へと続く道を進んでいく。

ルッチとアレインが睨んだ通り、フードを深く被って屋敷へ近づく人物の正体はセリア

だったというわけだ。六、七十メートルほど離れた場所で、今まさにアリアがルッチ達に仕掛けたところなのだが――、

（静かね……）

セリアにはそれがわからない。アリアからは事前に極力周囲を気にするそぶりは見せないように屋敷へ向かえと指示を受けていたので、屋敷へ近づいていくことだけを考えて足を動かしていた。

ちなみに、屋敷へ向かう前に二人が立てた作戦はこうだ。アルボー公爵の手勢が先にやってきている可能性は否定できない。だから、屋敷の周囲に敵が潜んでいる場合も想定して、まずはアリアが屋敷へと向かう。

屋敷に入ったアリアが伯爵夫妻に事情を簡潔に説明し、裏口から外に出て周辺の探索を行う。その間にセリアが正面から屋敷を訪れ、襲撃者が潜んでいて何か仕掛けてこないか様子を見る。結果、敵がいるようであれば逆に奇襲を仕掛けて刈り取り、いなければ屋敷へ戻ってセリアと合流する。そういう手筈になっている。

アリアが屋敷に入ってから十数分。セリアが来ることは門番にも伝わっていたのか、そのまま中へ案内される。

そうして、セリアが屋敷へ近づいていくと――、

「っ……」

玄関の中から、外の様子を窺う両親の姿を見つける。溜まらず駆け出したい衝動に駆られたセリアだが、グッと踏みとどまる。

仮に今この光景を見ている者がいるとして、ここでセリアが屋敷に駆けだしては良からぬ判断材料を与えることに繋がりかねない。

だから、あくまでも平静を装って、玄関まで近づいていき、中に入ると――、

「お父様、お母様っ！」

セリアは感情を解き放ち、両親との再会を果たした。小さな身体を目一杯使って、まとめて二人に抱きつく。

「セリアちゃん！」

父ローランはセリアの背中をぽんぽんと優しく叩き、引き寄せる。

一方、そのすぐ隣で――、

「……セリア、セリア。ああ、私の可愛い娘」

小柄な銀髪の女性も、セリアのことを愛おしそうに抱きしめていた。せいぜい二十代にしか見えないが、実年齢は四十を超えていて、名をモニカ＝クレールという。

そう、この人物こそセリアの母なのだ。どうやらセリアの見た目が幼いのは、母親譲り

でもあるらしい。

ともあれ、モニカはセリアとシャルルの結婚式には出席していなかったし、セリアがリオと共に地下室へ忍び込んだ時にも会うことができなかった。だから、セリアが母モニカと再会するのは実に久しぶりだった。

「お母様……」

セリアは会えなかった分の淋しさを埋めるように、母にすがりつく力を強める。

ちなみに、長らく再会できなかったのには理由がある。それはクレール伯爵家の血を引く者の中に稀に宿る先天的な特殊体質が関わっている。

すなわち、生まれつき体調が不安定な者がいるのだ。

健康な時は運動だってできる。条件さえ守っていれば、寿命が短くなるわけでもなく、ごく普通の生活ができる。

ただ、何の前触れもなく、体調が悪くなってしまい、絶対安静を強いられるほどに身体機能が低下してしまうことがあるのだ。

寝て安静にしてさえいれば別段命に関わることもないのだが、身体機能が低下した状態で無理に身体を動かそうとすると、命に関わることもある。わずか数メートルの距離を歩くことすらままならないほどだ。どのくらいの期間、体調が悪くなったままなのかは個人差があるが、その間は完全に寝たきりの生活を強いられてしまう。

数週間おきか、数ヶ月おきか、あるいは数年おきか、回復したとしてもいつまた体調が悪くなるのかはわからない。

だから、基本的には生まれた都市からは出ずに一生を終えるのが安全だとされていて、モニカは生まれてから一度もこのクレイアの外へ出たことがなかった。そして、ローランも可能な限り、王都の別邸ではなく実家で過ごすようにしてきた。

ちなみに、この体質を持って生まれた者は生後数年で最初の症状が現れると言われている。裏を返せば、生後数年でこの症状が現れなければ、特殊な体質の持ち主ではないことが証明されることにもなる。

幸いセリアはその体質を持って生まれなかったが、セリアの母親はまさしくその体質を生まれ持つ女性だったというわけだ。

なお、更に余談にはなるが、モニカと同じ症状を生まれ持ってしまったクレール伯爵家の女性が、無事に子供を産めるかどうかは賭けだ。出産期間中に体調不良の症状が現れるようなことがあれば、まさに命に関わるからである。だから、跡継ぎの子供を作るかどうかで、かつてのローランとモニカは揉めたことがあった。

跡取りは分家から選べば良いのだからと、当初は妻の身の安全だけを考えていたローラ

ン。どうしても子供が欲しいと願ったモニカ。紆余曲折を経て、誕生したのが一人娘のセリアというわけだ。

「ご無沙汰してしまい、本当に申し訳ございません。こうしてこの場におられますし、最近の体調は……、大丈夫なのですか？」

　尋ねて、セリアは心配そうに母の顔を覗き込む。

「ええ。前にセリアちゃんが屋敷の地下を訪れた時は寝たきりだったんだけどね。二ヶ月くらい前からだいぶ調子が良くなったの。といっても、半年くらい寝たきりで身体の筋肉が衰えていたから、まだ完全に元通りってわけでもないのだけどね」

　モニカは自分の体調のことなど微塵も不幸に思っていないみたいに、ふふっと愛らしく笑って答えた。

　とても実年齢が四十歳を超えているとは思えない可憐さである。十代の少年でも恋をしてしまいかねないほどだ。

「そう、でしたか……」

「そんな顔しないで。安静にしてさえいれば命に関わることもないんだから」

　モニカは優しくセリアの頬に触れた。

「また親子三人でこうして抱きしめあいたかったよ。はあ」

すりすり、すりすりと、ローランは妻と娘を同時に抱き寄せようとするが――、

「暑苦しいから、貴方は少し離れていてね」

モニカから離れるよう、やんわりと言われる。

「あ、はい……」

ローランはすごすご頷いて、二人を抱き寄せようとする力を弱めた。

「…………」

実家に帰ってきたんだなという実感が湧いたのだろう。セリアは嬉しそうに頬をほころばせる。だが――、

「あ、あの、ところでそろそろ本題を……」

あいにくとこのまま家族団欒の時間を楽しみ続けるわけにもいかない。セリアが砦でアルボー公爵に襲われたことを考えると、ローランやモニカにも何か仕掛けようと今にもアルボー公爵達が姿を現す恐れがあるからだ。その前に状況だけでも報告しようと、急いでこの屋敷に来た訳である。

「……そうだね。話はアリア君から簡潔に聞いた。作戦通り、彼女は外の様子を見に行ってくれているが……、大丈夫だったのかい、セリアちゃん？」

ローランは一歩下がると、表情を引き締めてセリアの身を案じる。

「はい、ご覧の通り。それよりも、今はお二人についてです。アルボー公爵がお父様と、お母様のことも狙うかもしれません。今日はそのことをお伝えしに参りました」

セリアは母モニカと抱き合ったまま、二人の顔を交互に見た。

「ふうむ……」

ローランが悩ましそうに唸る。屋敷の外から轟音が鳴り響いてきたのは、その直後のことだった。

一方で、時は少し遡る。

場所もアリアとルッチが対峙する屋敷の敷地外へ移る。

「いったいここで何をなさっているので？」

アリアは剣の柄でアレインの延髄を殴って昏倒させると、警戒して後ろを振り向いてきたルッチに問いを発した。

「……おうおう。誰かと思えば、屋敷に入っていった上玉の女じゃねえか」

奇襲を受けたというのに、ルッチの態度は実に落ち着いている。それどころか、余裕さえ感じさせる笑みを浮かべていた。これは不測の事態が起きたところで焦っても仕方がないと、経験則で理解しているからだろう。

「質問にお答えいただけますか？」

「どうだい、俺と遊んでみるっていうのは？」

「……会話が成立する余地がありませんか」

アリアは鬱陶しそうにかぶりを振る。

「おいおい、そう言うなよ。俺は話が出来て嬉しいぜ？」

そう言いながらも、ルッチは油断なく臨戦態勢に入っていた。自分達に気取られずに奇襲を仕掛けてきて、手練れのアレインを昏倒させたほどの実力者だ。油断などあるはずもない。一方で——、

（ゴロツキのような見た目とは裏腹に、腕は立つらしい。特徴からするとセリアが言っていた天上の獅子団の魔剣使いである可能性が高い。となると、あの剣の能力は……）

アリアも剣を交えるまでもなく、ルッチのたたずまいから適切に実力やその素性さえも推し量っていた。だからか、ルッチが手にする魔剣を注視しながら、その周囲をぐるぐると歩き始める。

（……やむを得ません。最悪、生かして捕らえるのは気絶させた男だけにしますか）

アリアは気絶させたアレインを一瞥して、そう決断した。

「俺を残したってことは、そいつより俺の方がタイプだったたってことか？」

ルッチもアレインを見てアリアに尋ねる。

「…………」

アリアは否定するのも面倒くさそうに、重く溜息を吐く。

先にアレインを攻撃したのは、アレインがセリアに向けて遠距離から一方的に攻撃を放とうとしていたからだ。ルッチの方が厄介そうな魔剣を装備しているのは傍目から見てわかっていたので、本当なら先にルッチを仕留めておきたかった。

「沈黙は肯定と見做すぜ？」

ルッチは満更でもなさそうに笑みを刻む。

「何を勘違いして喜んでいるのか知りませんが、死がお望みでないのならすぐに投降することをおすすめします。それか、クレール伯爵邸の関係者であるというのなら、素性を明らかにしてください」

まあ、こんな道外れの木々に潜んで、陰から通行人を襲おうとしていた時点で不審者以外の何者でもないわけだが、段取りというものもある。

「そう言うお前こそクレール伯爵家の関係者なのかよ？　お前みたいな腕利きの女騎士が

いるなんて聞いたこともなかったんだがな」

ルッチは質問に質問で返す。

「はぐらかす、ということは関係者ではないと受け取りましょう。どこぞの国に雇われている傭兵とお見受けしますが、不審者として実力行使で無力化させていただきます」

「……そうかい？」

アリアは自分がルッチの素性を見抜いていることを匂わせた。それでルッチの目つきもより鋭くなり、二人は完全に臨戦態勢に入る。

二人はどちらからともなく、間合いを詰めた。

互いに魔剣の持ち主だ。身体強化の程度は互角に近い。相手を間合いに捉え合ったところで、同時に剣を振るう。

直後、甲高い金属音が無数に響き渡る。ほんの一、二秒の間に、二人の剣が幾度と触れあったのだ。

一度の斬り合いでは決着が付かなかったので、互いにバックステップを踏み、間合いを取り直すと――、

「ひゅう。マジでいい女だな、お前！　剣だけじゃなく、ぜひ夜のお相手も願いたいもんだぜ！」

ルッチが軽く口笛を吹いてアリアを称賛する。

「願い下げですね」

アリアはルッチの軽口に取り合うことはせず、すかさず間合いを詰め直すべく前に出ていく。

「っと！」

接近してきたアリアの攻撃を捌き、そのまま反撃を狙うルッチ。だが、アリアはすかさずまた下がって距離を取ってしまった。その場で足を止めることはせず、弧を描くようにルッチの周りを素早く駆けていく。

（ちっ、よく動き回りやがる。というより……）

舌打ちするルッチだが、妙な違和感を抱いていた。どうもアリアが過敏にルッチからの反撃を警戒している節が窺えるのだ。普通なら足を止めても良いような状況でも立ち止まらずに動き続けている。

ルッチは魔剣を使って空間を切り裂き、刀身を転移させて視界に映る相手を狙って直に斬りつける初見殺しの一撃を放つことが可能だ。ただ、動き回っている相手を狙って戦いながら正確に斬りつけるのは今のルッチではまだ難しいので、こうもアリアに動き回られるとその能力を使う隙がない。

そうして、足を止めることはしないアリアを見て――、

「……てめえ、俺の剣の能力を知ってやがるな？」

と、ルッチは推察した。

「…………」

アリアは否定も肯定もしない。ただ、ルッチはアリアに魔剣の能力を看破されていると半ば確信しているのか、疑いの眼差しを弱めることはしない。

（この剣の能力を知っている奴は多くないはずだが……）

ルッチがこの剣を扱うようになってからまだ日は浅い。ルシウスが魔剣を使っているところを以前に見た可能性も否定はできないが、ルシウスが魔剣の能力を見知らぬ相手に安易に見せるとも思えない。となると……。

「セリア＝クレールから聞いたってところか？　なら、さっき屋敷に入ろうとした外套のフード野郎はやはり……」

ルッチの意識が一瞬、セリアのいる屋敷へ向かう。すると、アリアがその隙を衝くように、ルッチへ迫った。そのまま剣を振るってルッチを圧倒していき、後ろへ押し込んでいく。そして――、

「よそ見をしている暇がおありで？」

「ちっ……！」

　ルッチの姿勢が大きく崩された。柄こそ手放さなかったものの、剣が大きく弾かれて後傾姿勢になる。

　アリアはそのままルッチに迫って剣を振るい――、

「っ……!?」

　何かに気づいたのか、突然、横へ飛んでルッチから距離を置いた。ほぼ同時に、ルッチの一歩先の地面から闇が広がり、そこから魔剣の切っ先が伸びてくる。あと一歩でもアリアがルッチに近づいていれば、刀身がアリアの足に突き刺さっていただろう。よく見るとルッチが握る魔剣の切っ先が闇に飲まれて、刀身が短くなっていた。

「マジかよ、今のを避けるか」

　ルッチがニヤリと笑う。

　攻撃を躱されたというのに、なんとも嬉しそうだ。

（隙を見せて押し込まれたのはわざと、というわけですか。こういうトラップのような使い方もできると、面倒な……）

　アリアは地面から伸びる魔剣の刀身を億劫そうに見下ろす。相手が勝ったと思って油断したところで魔剣の能力を発動させ、予期せぬ場所から剣を伸ばして仕留める。これをや

られたらそう簡単に回避できるものではない。ただ——、

（剣さえよく見ていれば能力の発動は読み取れる。仕留めるのに多少の手順や対処は必要になるでしょうが……）

勝ち筋は見えている。ルッチの能力はこの眼で確認できたことだし、探り合いはここまでだ。と考え、アリアが再度仕掛けようとしたところで――、

「おい、これはどういうことだ？」

外套のフードを被った男達が現れた。

人数は三人。そのまま展開してアリアを包囲する。

（……やはり他にも仲間がいましたか）

アリアはなんとも煩わしそうに嘆息する。

ローラン達に事情を説明した後、アリアが屋敷の外に出て最優先で警戒したのはセリアが訪れてくる正面玄関側だった。そして屋敷の近くに広がる造林に潜伏しているルッチとアレインを発見し、様子を見て襲撃を仕掛け今に至る。

「見ての通り、上玉すぎる女に口説かれてな。ただ、ちょっとじゃじゃ馬すぎて難儀している」

ルッチがいまだ気を失っているアレインを見て、仲間の傭兵達に状況を説明する。

「……なら、さっさとこの女を消すぞ。斬り合う音が庭の方まで響いていた。長引くと異変を感じた警備兵共が来るぞ」

「ちっ、しょうがねえ」

ルッチ達はそのまま四人でアリアを仕留めようとする。

と、そこで――、

「《魔力砲撃魔法》」

アリアが小声で呪文を詠唱し、上空めがけて手をかざした。そこから魔法陣が浮かび上がり――、

「なっ……！」

傭兵達は慌てて阻止しようとした。

だが、アリアはその場で大きく跳躍して木の枝の上に飛び乗ってしまう。そしてそこから魔力の砲撃を頭上に向けて放った。魔法の発動と同時に、屋敷の中まで鳴り響くほどの轟音が響き渡る。

この状況で微塵も動じておらず、何の迷いもなく、実に迅速に魔法を発動させたのは見事としか言いようがないが――、

「てめえ……」

傭兵達は木の上にいるアリアを見上げて、恨みがましそうに睨む。

「屋敷の警備に見つかりたくないようにお見受けしたので」

呼ばせていただきましたと、アリアはしれっと語る。これで数分と経たずに屋敷の警備兵達が造林に近づいてくるはずだ。

「ちっ」

ルッチが魔剣を振るい、刀身を転移させて地上からアリアを斬ろうとする。が、アリアは再び跳躍して他の木の枝へと飛び移っていき、地面へと降り立つ。ルッチが切り裂いた木の枝だけが、虚しく地面に落下した。だが――、

「囲め！」

傭兵達は着地したアリアめがけて一斉に迫る。駆けつけた警備兵達に余計な情報を漏らされたくないのか、完全に仕留めにかかっている。

天上の獅子団のメンバーは全員が量産型の魔剣を装備している。アリアやルッチが装備しているような唯一品ではないため、込められている魔術は身体強化だけだが、魔法で身体能力だけを強化するよりも遥かに強力な強化をして戦うことができる。傭兵達が迫ってくる速度が想定外だったのか――、

（速い）

アリアはわずかに目を見開く。しかし、驚きとは裏腹に、身体は素早く冷静に動いていた。前方と左右から迫ってくるルッチを除く傭兵三人の剣を的確に捌き、後ろだけは決して取られないように後退していく。

「っ、この女っ！」

三人がかりで攻めているのに、攻めきれない。アリアの対処能力を体感し、傭兵達の顔に焦りが滲む。

「はは、マジで強えだろ！」

ルッチだけは後ろに控えていて、愉快そうに笑っている。

「笑い事じゃねえよ！」

「とっとと口を封じてずらからねえとまずいぞ！」

数では勝っている。時間をかければ仕留めることもできるかもしれない。だが、状況を踏まえると分が悪いかもしれない。

傭兵達三人の誰もがそう感じていた。

ただ、あまり余裕がないのはアリアも同じだった。

（一人一人の練度が異常に高い。これが噂に聞く天上の獅子団ですか。流石に分が悪いですね……）

　これが例えば魔法で身体能力を強化しただけの騎士三人が相手であったのなら、問題なく圧倒できていただろう。

　だが、魔剣で身体能力を強化した手練れの戦士三人が相手となると、そういうわけにはいかなくなる。さらには、最も警戒すべきルッチが傭兵達の後ろに控えているので、そちらにも何割か意識を割かなければならない。ルッチの魔剣の能力を考えると、予期せぬ場所から剣が伸びてくるリスクもある。これだけ不利な状況で、アリアが見事に攻撃を防ぎきっているだけでも称賛に値するだろう。

「おい、ルッチ！　てめえも戦えや！」

　傭兵の焦れったそうな怒号がルッチに向かう。すると――、

「慌てなさんな。こういうのは順番だ。お前らが振られて、俺が口説き落とす！」

　そう言って、ルッチが魔剣を前方に突き出し、何もない虚空を突こうとした。が、別に空気を貫こうとしたわけではない。

　ルッチが突き出した剣は切っ先から闇に呑まれていき、後退するアリアの背後に闇が浮かぶ。そこから切っ先が飛び出てきた。仲間三人が上手く陽動してくれたおかげで、狙いを定めるのも容易かった。即席の連携だが、見事な手際だ。

「っ！」

ルッチが背後から攻撃を仕掛けてくることは当然予想していたので、アリアは攻撃に気づく。だが、気づけたからといって対処できるかは、この時ばかりは別問題だった。

なぜなら、今のアリアは前方と左右を傭兵達に囲まれている。後ろを振り向いて剣を弾こうとすれば、他の傭兵三人に背中を斬られる。かといって傭兵三人の相手をし続ければ背中からルッチの魔剣に貫かれる。

傭兵達の連係攻撃は、詰め将棋における一手のように、来るとわかっていても来るのを阻止できない一撃と化していた。

アリアに出来ることは一つ。後ろから迫る切っ先をノールックで躱す。躱したところで隙を晒してやはり斬り殺される可能性が高いが、それでもノーダメージでこの窮地を乗り切ることができるかもしれない唯一の選択だった。体勢が悪すぎるので、跳躍して回避するのはナシだ。大して距離を稼げず、着地際を狙って仕留められる。

ゆえに、アリアは地面に足をつけたまま身体を捻転させた。

だが――、

「そうするよなあっ！」

ルッチはアリアが回避するのは織り込み済みだったのか、回避する方向に魔剣をスライドさせる。

「っ……」

アリアはやむを得ず剣を構えて、ルッチの魔剣を防ごうとした。他の攻撃を防ぐことは出来なくなり隙が生まれるだろうが、選択肢はそれしかない。すると――、

「アリアっ！」

と、少女の声が響く。アリアにとっては聞き慣れた声だった。

「っ……」

刹那、アリアの視界に、傭兵達以外の五本目の刃が伸びてきたのが見えた。今まさにアリアの身体に迫ろうとしていたルッチの魔剣を、その刃が下から上へと弾いてしまう。乾いた金属音が鳴り響いた。

ルッチの魔剣は予期せぬ軌道変更によってそのまま宙空を切り裂くと、闇に呑まれてその場から消え、あるべきはずの位置に戻る。

果たして、アリアに迫るルッチの刃を弾き飛ばしたのは、セリアだった。セリアはルッチの魔剣を弾くと、返す刀でそのまま他の傭兵三人に迫っていき――、

「うおっ⁉」

華麗な剣捌きで、傭兵三人をアリアから引き離した。そして――、

「遅れてごめんなさい」

セリアは後ろに下がってアリアに並び、謝罪する。

「…………いえ、どうも。驚きました。いつの間に、それほどの剣技を？」

アリアは瞠目して尋ねる。今のセリアの剣捌きは、剣の達人であるアリアから見ても実に見事だった。戦闘中だというのに、訊かずにはいられなかったほどだ。横目でセリアの表情を窺うと、別人のように瞳の光が研ぎ澄まされているのがわかった。ただ――、

「ちょっとズルしている状態なんだけどね。後で説明するわ」

そう言って苦笑するセリアの表情は、彼女らしさも残っていた。

「……ぜひ、お聞かせ願います。ともあれ、今は背中を任せてもよろしいですか？」

アリアは口許をほころばせ、セリアに問いかける。

不思議だった。理屈ではない。アリアの知るセリアは典型的な魔道士で、この状況では守られるべき存在であるはずなのに、安心して背中を任せられると感じた。

「ええ」

セリアは力強く頷く。

そうして、形勢は一対四から、二対四へと変わった。数字上ではいまだアリア達が不利だが、一人当たりの負担が分散する分、前者と後者の差は天と地ほど大きい。頼りになる相棒が隣にいるとなれば、もはや不安材料はない。

セリアもアリアもルッチ達のことを油断なく見据えている。

「ちっ。あー、仕方ねえ。引くか、お前ら」

ルッチは気絶しているアレインを一瞥した後、舌打ちをして仲間達に撤退を提案した。

「……計画はどうするんだよ？」

傭兵の一人がルッチに尋ねる。

「失敗だろ。勝てねえこともねえかもしれねえが、このまま長引いて誰か一人でも倒されて捕まるのが一番まずい」

と、ルッチは理由を語ってから――、

（レイスの旦那なら、それでも口封じできるんだろうがな……）

何か苦いものでも口に含んだように、顔をしかめた。

もしかしなくとも、以前ガルアーク王国城にあるリオの屋敷を襲撃した際に、捕まった同僚達が全員レイスの魔道具で口封じされたことを思い出したようだ。その中にはルッチと長く班を組んできたヴェンという男も含まれている。

任務に失敗した者は口封じをされる。そういう仕事をしているわけだから、傭兵である彼らにレイスを恨む道理はない。だが、だからといって仲間を失っていいと考えるかどうかは別問題なのかもしれない。

「……アイツを回収してサッサとずらかるぞ」

ルッチはアレインを気にするように再度一瞥してから、仲間を急かした。とはいえ、セリアとアリアからすれば、このままルッチ達を大人しく返す道理はない。

「なにやら帰れる前提で会話しているようですが、このまま帰れるとお思いで？」

と、アリアは冷ややかに問いかける。

「ああ、思うね」

ルッチはそう言いながら、地面に魔剣を突き刺した。直後、地面に闇が広がっていくのを視認し——、

「っ……」

アリアとセリアは素早く周囲を警戒する。だが、二人の警戒とは裏腹に、ルッチが魔剣を発動させた目的は二人を加害するためのものではなかった。

二人の傍ではなく、気絶するアレインが横たわる地面に闇が広がっていく。アレインは沼にでも引きずり込まれるように、地面の闇に呑み込まれた。そして、今度はルッチが魔剣を突き刺す地面からアレインの身体が浮かび上がってくる。

「おい、こいつを頼む」

と、ルッチに言われ、傭兵の一人がアレインの身体を担ぐ。すると——、

「……アリア、このまま彼らを帰らせましょう」

セリアが小声でアリアに囁きかけた。

「よろしいのですか？」

「ええ、余計な戦闘を避けたいのはこっちも同じよ。彼がここにいる以上、アルボー公爵がお父様かお母様を狙っていたのは確かだし、いつ本隊が来てもおかしくないわ。彼らすら陽動かもしれないし……」

そう、今こうしているこの瞬間にも、別働隊が屋敷へ押し寄せていて、ローランとモニカを襲っていても不思議ではないのだ。だから、戦闘を長引かせるのは得策ではないと、セリアは判断したらしい。それは奇しくもルッチと同じく、守りたいと思う者があるからこその判断だった。

「……わかりました」

アリアは剣を構えたまま首肯する。

それから――、

「……………」

じりじり、じりじりと、傭兵達は後ろに下がっていく。最初にアレインを担いだ傭兵が立ち去り、他の二人が左右から守るように同行する。

「ふん」

ルッチは殿を務め、いつでも魔剣の能力を発動できるようにセリアとアリアを威嚇している。だが、追撃の気配がないことを察すると、そのまま走り去っていった。

数時間後。昼前。クレール伯爵領の領都クレイアに広がる湖に、ベルトラム王国軍籍の魔道船数隻が着水した。

シャルルを先頭にベルトラム王国本軍の騎士や兵士達がずかずかと都市を突き進み、伯爵の邸宅を目指す。

そうして、先触れも出さず不躾に敷地に立ち入り、玄関の扉を乱暴に開けると――、

「クレール伯爵！　クレール伯爵！」

シャルルがエントランスで伯爵の名を叫んだ。

「……なんだね、騒々しい？」

クレール伯爵こと、ローランはすぐに姿を現す。シャルルに武装した騎士達、そして後方に控えるレイスと蓮司の姿を一瞥すると――、

「それに、随分と物々しいようだ」

ローランは嘆かわしそうに顔を曇らせ、やれやれと溜息をつく。

「ご夫人はどちらに？」

シャルルは略式の挨拶すら省き、単刀直入に用件を切り出した。これはクレール伯爵のような高位貴族が相手である場合はもちろん、仮に相手が下位の貴族であったとしても相当に礼を失した行為である。気分を害されて「帰れ」と言われても文句は言えない。しかし、今のシャルルを相手にそのような発言をできる貴族はそうはいない。

「……なぜ、妻のことを？」

ローランはわずかに間を溜めてから、理由を尋ねた。すると、ローランが妻の身を案じて不安になったとでも思ったのか――、

「ご夫人は高名な治癒魔道士だと耳にしたことがあります。緊急で治療していただきたい要人がいてね。とりあえず、王都にまでお越しいただきたい」

シャルルは上機嫌に伯爵夫人に用がある理由を語った。

「……妻の身体が生まれつき弱いことはご理解いただけていると思っているが？」

ローランが表情を強張らせて尋ねる。

「もちろん、存じております。が、魔道船で送迎するのだ。確か体調が悪くなるだけで、

別に死ぬような病でもないのでしょう？　緊急事態なのです。多少は我慢していただきたいですね」

シャルルがいけしゃあしゃあと告げる。モニカが抱える先天的な疾患に無理解であるがゆえの、デリカシーのない発言だった。

「……体調が悪い時は、船に揺られることすらままならないのだよ」

眉をひそめたローランだが、あくまでも冷静に受け応える。

「今がまさに体調が悪い時だとでも？」

「いいや。だが、移動中に症状が発症したら事だ。お相手をこの屋敷にお招きすることはできないのかね？」

「駄目ですね。要人はそれ以上に弱っておられる。ご夫人に王都までお越しいただくのが絶対だ」

「……平行線だね」

「いいえ、これは決定事項です。もし、断るようなら……」

強制的に身柄を差し押さえることも厭わないぞと、シャルルは身柄の引き渡しを拒もうとするローランへ暗に脅しをかけた。すると――、

「……なるほど。そういう事情であれば、やむを得ないのだろうか」

ローランが渋々引き下がる。

「ふっ」

勝ち誇るようにほくそ笑むシャルル。だが、愛妻家として知られるローランにしては状況をあっさり受け容れすぎている。

仮に今ここにローランの人となりをよく知る人物がいたとしたら、不思議に思っていたことだろう。本来ならシャルルがモニカを王都へ連れて行くと言いだした時点で、ローランが「ふざけるな」と激昂しているはずなのだ。

すると——、

「ただ、残念ながら妻を差し出すことはできないのだよ」

ローランは肩をすくめ、そんなことを言う。

「断ると？　こちらは多少手荒に連れていっても……」

「連れていこうにも、妻は屋敷を留守にしているんだ」

「……何？」

シャルルは意味が分からないと言わんばかりに首を傾げる。

「私があまりにも不甲斐ないせいか、妻に愛想を尽かされてしまってね。今日、屋敷を飛び出してしまったところだ。娘の様子を見に行くと言い残してね」

ローランは自らの無力さを嘆くように、重く溜息をつく。

「っ……、ふざけるな、捜せ！　港もだ。急げ！」

嫌な予感というか、予想をしたのだろう。シャルルは慌てて配下の騎士達に屋敷の捜索を命じた。だが、どこにもモニカの姿は見当たらず、シャルルのさらなる怒号が屋敷に響き渡る。そんな中で——、

（……ママのことを頼んだよ、セリアちゃん）

ローランは一人で玄関の外に向かい、ガルアーク王国へと続く東の空を見上げた。

ベルトラム王国の東部上空を。

クレール伯爵所有の魔道船一隻が飛行していた。

よほど急いでいるのか、魔力の消費が増えるのも気にせず、通常の運航速度を遥かに超えた速さでガルアーク王国の方角を目指して突き進んでいる。

船内の貴賓室では、モニカ＝クレールがベッドに腰を下ろしていた。すぐ傍には屋敷から同行してきた世話役の女性もいる。

トントンと、貴賓室のドアがノックされた。

「どうぞ」

と、モニカが告げて――、

「お母様、私です」

セリアが入ってくる。

後ろにはアリアの姿もあった。

「いらっしゃい」

「お加減は大丈夫ですか？」

「ええ、絶好調よ」

モニカは柔らかな笑みをたたえて答える。

「今日の夕方までにはガルアーク王国のアマンドに着けるそうです」

セリア達がクレイアに来る時は午後にアマンドを出たせいで日を跨いだが、帰りは午前中にクレイアを出発できたのが幸いだった。このまま飛ばしていけばなんとかその日のうちにアマンドまで帰ることができるという。

「そう、楽しみね。あの人ったら本当に心配性で、過保護で、私、ずっと都市の外に出たことがなかったから」

生まれて初めて都市の外に出るのだ。

その言葉に嘘はないのだろう。ただ――。

「その、お父様のことは……」

「大丈夫よ」

セリアが一人クレイアに残った父のことに言及すると、モニカは儚げに微笑んでかぶりを振った。そして――、

「大丈夫」

と、窓の外に視線を向けて、自分にも言い聞かせるように続けて言う。もしかしなくとも、夫ローランのことを思っているのだろう。

遠い目をして背けたモニカの横顔に、一筋の光が走る。それは瞳から流れた雫のようにも見えた。

時は遡る。

セリアとアリアがルッチ達を退け、屋敷に戻った直後のことだ。

「……セリアちゃん。ママをガルアーク王国城へ連れていってはくれないかな？」

ローランが唐突にセリアに頼んだ。

「……お父様は？」

「私は屋敷に残るよ。一時的に都市を留守にすることがあっても、陛下からお預かりしている領地と領民達を捨てるようなことはできない。それに、私までガルアーク王国についていったら、フィリップ国王陛下やクリスティーナ様のお役に立てなくなる」

と、ローランは自分がベルトラム王国に残るべき理由を語る。それは貴族の責務だ。だから――、

「…………………」

責務を放り出して一緒に来てほしいとは、セリアには言えなかった。だが、その表情からは心配の色が容易に見て取れる。

「大丈夫。そんな顔はしないで、セリアちゃん。アルボー公爵にとって今の私にはまだ利用価値がある。というより、当面は利用せざるを得ないはずだ」

だから自分が手出しされる恐れはないと、ローランは落ち着いた声色で語った。

「ただ、ママは別だ。アルボー公爵がいつ、どういう手段で手を出そうとするかわからない。今の私に連中の力業を押し返せるだけの実権はない。もし、私がクレイアを留守にし

ている間にでもママに手を出されでもしたら……」

ルッチ達が屋敷の近くに潜伏して何か行動を起こそうとしていた以上、アルボー公爵が手を出そうとしてくるのはもう確実だ。

相手がなりふり構わなくなってきている以上、このままモニカがクレイアに残ったとしたら、ローランではモニカを守り切ることはできない。

「だから、ママには安全な場所に避難してもらう。移動中に体調が悪くならないことを願うしかないが……。ママのことをよろしく頼むよ、セリアちゃん」

モニカを都市の外に送り出すことに不安がないわけではない。だが、このままこの屋敷に残り続けるよりかはマシなはずだと、ローランはモニカのことをセリアに託した。

「……はい、わかりました。お父様」

セリアは神妙な面持ちで頷く。

「モニカちゃんも。セリアちゃんのことを頼んだよ」

と、ローランは続けてモニカを見て語りかける。

「ええ」

「初めての外出は不安だとは思うけど……」

「大丈夫よ。貴方は過保護だから」

などと、二人は言葉を交わしながらも、言葉を超えたところで通じ合っているような顔つきで見つめ合う。

「……でも、貴方が守ってくれていたからよ。貴方が守っていてくれたから、病弱な私が今日も平穏に、幸せに生きていられる。いつもありがとう。愛しているわ」

と、モニカはローランに礼を言う。

「どうしたんだい、急に？」

「家族のために頑張る夫を一人残していくのだもの。感謝と愛の言葉の一つや二つくらい口にするわ。いいえ、し足りないくらいね」

「惚れ直したかい？」

「ええ、毎日ね」

モニカは頷き、ローランの頬へ愛おしそうに手を伸ばす。そして自分からローランに抱きついた。

「はは」

ローランはなんともこそばゆそうにはにかむ。それから、二人でさらにしばらく抱き合ってから――、

「じゃあ元気でね、貴方」

モニカは夫に別れの言葉を贈る。

こんなご時世だ。ただでさえローランは権力闘争のまっただ中にいる。次にいつ会えるのかはもうわからないし、もしかしたらもう二度と、なんてこともありえる。むしろ不幸な出来事に見舞われるかもしれないのは、病弱なモニカの方かもしれない。

――妻だというのに、足手まといにしかなれない私を許してね。

と、モニカの表情が物語っているのだが、その言葉を口にすることはしない。ローランが自分のことを足手まといだなんて思っていないと、理解しているからだ。ローランが何の憂いもなく貴族の責務を果たせるように、妻である自分にできることは安全な場所へ逃げることだけなのだとモニカは理解している。だから、それをする。

「ああ。この機会に外の世界をたっぷり楽しんでくるといい。行ってらっしゃい、モニカちゃん」

そうして、クレール伯爵夫妻は別れを交わしたのだった。

◇◇◇

そして時は進み、アマンドへと向かうクレール伯爵所有の魔道船内で。

「ではお母様。何かあればすぐにお呼びくださいね」

モニカが休む魔道船の貴賓室から、セリアとアリアが退室した。そうして船内の通路に出たところで――、

「…………」

セリアはなんだかぼんやりとした面持ちで、艶やかな吐息を漏らした。あたかも言語化するのが難しい感情を吐き出すように……。心ここにあらずとまではいかないが、何かを考えるなり、思っているのは確かだろう。すると――、

「……私でよければ、いくらでも話を聞きますよ。愚痴でも、悩み事でも、何でも」

アリアがセリアの顔色を横目で窺い、話し相手の役を買って出た。

「え……？　うん、ありがとう」

セリアはふと我に返ったように、礼を言う。そして――、

「……辛いってわけじゃないのよ。お父様のこと、信じているから」

と、セリアは自分の今の気持ちを吐露する。

「ええ」

アリアもその気持ちを、素直に肯定する。

「ただ……」

「ただ？」

「……うん。この気持ちはたぶん、愚痴とか、悩み事とか、そういうのじゃなくて。こんなこと思っている場合じゃないのかもしれないけど……、私、良いなあって思ったの。お父様とお母様を見ていて」

「素敵なご両親ですからね。私も憧れてしまいました」

アリアは微笑んで同意する。

「そう、憧れ。憧れちゃったのよ。二人が言葉を超えたところで通じ合っているのがよく伝わってきて、離れていても思いは通じ合っていて、これが夫婦なんだなって思って」

「なるほど……。結婚願望でも湧いてきましたか？」

ずばり尋ねるアリア。

「……どう、かな？　昔は結婚なんてしたくないって思っていたけど……」

少し面食らったセリアだったが、結婚願望という言葉は不思議なほど心地よく心の中に響いたのだろうか？　ムキになって否定することはしない。むしろ、それで誰か真っ先に頭の中に思い浮かんだ異性の相手がいたのか――、

「…………」

遅れて、恥じらうように頬を赤らめた。

「……驚きました。その様子だと誰か気になるお相手がいるんですか？」

思いつく範囲でセリアが好きになりそうな相手の見当がつかなかったのか、アリアが瞠目する。

「も、もう、からかわないでよ」

「どちらにせよ、素面で語れる話ではなさそうですね。続きはまた今度、ゆっくりと聞かせていただくとしましょうか」

「あ、そっか。ごめんなさいね、アリア」

セリアは何か思い出したように、謝罪の言葉を唐突に紡いだ。

「……はて、何も謝っていただく覚えはありませんが？」

「帰りはゆっくり帰って、貴方の休暇に付き合ってあげるって言ったでしょう？　でも最短でアマンドを目指すことになっちゃったからさ」

「何を言うのかと思えば、そんなこと。また改めての機会で構いませんよ」

クレイアに到着した直後に交わした約束ともいえない会話だったのだが、親友が律儀に話を覚えていてくれたことは嬉しかったのか、アリアの口許が柔らかく緩む。

「じゃあ、その埋め合わせというわけじゃないけど、アマンドに戻ったら、今夜はゆっくりとお話をしない？」

「ええ、ぜひ」

「やった、約束ね」

などと、今度こそしっかりと約束を交わすセリアとアリア。クレイアからアマンドへ帰還する、魔道船内での出来事だった。

◇◇◇

一方で、場所は再びクレール伯爵領。領都クレイア。

レイスは少し街の様子を見てくるとシャルルに伝えると、蓮司も引き連れて伯爵邸を後にした。そうして、街へ繰り出したところで、街に潜伏していた傭兵達の方から接触を図ってくる。そして、とある宿を訪れた。その一室でルッチを始めとする他の傭兵達と落ち合うと、レイス達がクレイアに到着する前に何が起きたのか報告を受けた。

「なるほど。そういう事情でしたか」

「……すまない、レイスの旦那。完全に油断していた、俺のせいだ」

アリアの襲撃を受けて真っ先に気絶したことをひどく恥じているのか、アレインがレイスに謝罪する。

「やむを得ませんよ。確定とは言えませんが、特徴からしてその実力者はリーゼロッテ＝クレティアの懐刀、アリア＝ガヴァネスである可能性が高い。よもやセリア＝クレールに同行してクレイアまで来ていたとは完全に想定外です」

　実際、セリアが一人でクレイアまで来ていたとしたら、ルッチ達の暗殺が成功していた可能性は極めて高い。

　セリアの近接戦闘能力は魔法によって獲得するものだから、その魔法さえ使わせなければつけいる隙はあるのだ。だが、あるべきはずだったセリアの隙を、アリアという強力な護衛が埋めてしまった。

（つくづくこちらの想定を上回ってくれますね。まったく……。やはり、すべてが見透かされていると考えるべきなんでしょうか？）

　いったい誰が、何を見透かしているというのか？　レイスは何か見えない超常的な相手でも警戒しているようなことを考える。すると——、

「……ですが、俺らが裏で動いていたことは、アルボー公爵の耳にも届いてしまうんじゃありませんか？　そうなればレイスの旦那が今後不信感を抱かれるってことも」

　アレインが計画失敗の悪影響について心配した。

「確かに、多少面倒なことにはなるかもしれませんが、看過できる範囲内です。まあ、そ

の時はその時ですよ。ちょうどいい、と考えることとします」

「何がです？」

ちょうどいいの意味がわからなかったのか、アレイン達は首を傾げる。

「今後に備えて使えそうな切り札を回収しておこうと思いましてね。私は一度、古巣に帰ります。そうすればほとぼりが冷めるまで、アルボー公爵とも顔を合わせないで済む。レンジさん、それとアレインさんとルッチさんは引き続き私に同行してもらいますよ」

「当たり前だ。俺に飛翔(ひしょう)の仕方を教えるという話、後回しにされては困る」

蓮司は自分が強くなることだけを貪欲(どんよく)に求めているのか、どこへ行くにせよ同行することと自体にはあまり不満はないらしい。

(仮に全てが見透かされているのなら、その上で対処できないほどの戦力を用意するしかない。今の私の手には余りますが、アレを起動することも考えないといけませんね)

レイスという男がいったい誰を敵と見据え、どのような戦いを繰り広げようとしているのか、今はまだ、その答えを知る者は少ない。

【第四章】 エリカの軌跡

ちょうどセリア達がガルアーク王国へ帰還している頃。

リオとソラは神聖エリカ民主共和国を訪れていた。

美春達を見守るためガルアーク王国城に残ったアイシアと別行動をし、わざわざ戦力を分散させてまで旅に出た目的は主には二つある。

一つは神魔戦争時代の出来事を探ること。

未来予知の権能を持ち、美春の前世でもあるらしい七賢神リーナは、この時代で何かが起きることを予知し、かつての竜王をリオとして転生させたという。しかし、実際に何が起こるのかはわからない。そこで、手がかりが得られるかはわからなくとも、神魔戦争の伝承が伝わる土地を旅してみようと考えたわけだ。

そして、目的の二つ目。こうして神聖エリカ民主共和国の土地を訪れているのは、その二つ目の目的を果たすためである。

すなわち、リオとの戦いで超越者の権能を解放し、亡くなってしまった勇者エリカの遺体を人知れずに埋葬すること。

――人はとても愚かで醜い生き物よ。だから、私は自分のしたことを後悔していない。今でもそんな愚かな連中は滅べば良いと思っている。でも、中には優しい人もいるわ。愚かなほどに優しい人。きっと貴方もそうなんでしょうね。だから、優しい貴方にお願いがあるの。別に聞いてくれる必要はないのだけれど。

リオは死に際にエリカが残した遺言を思い出していた。

――私が建てた国の首都から、東へ、五十キロくらいかしら。辺境に村があるの。最低の人間達が暮らす、最低の村。山奥に、傍には滝があって、彼のお墓……。できることなら、そこに私も……。

と、正直、説明は不十分だったが、どうやら亡き婚約者の隣に埋葬してほしいというのがエリカの願いらしかった。

ガルアーク王国に戦争を仕掛け、あれだけ迷惑を振りまいた人物だ。律儀に願いを聞いてやる義理はない。

だが、それでもこうしてリオが彼女の願いを果たしてやろうとしているのは、リオという人物が単純にお人好しだからか。あるいは、かつて同じように復讐に身を委ねていた者として、世界を憎むほどの復讐に身を投じていたエリカに何かしらのシンパシーを抱いたからなのかもしれない。

ともあれ——、

（ここが首都か）

リオは神聖エリカ民主共和国の首都に到着した。

名をエリカブルクというらしい。

（ここから東へ五十キロくらい、か。このまま行ってもいいけど……）

精霊術で飛翔するリオは上空から首都を見下ろす。エリカという指導者を失ったこの国がどうなったのかについては、少し気にはなっていたのだ。だから——、

「せっかくだからちょっと都市の様子を見ていこうか、ソラちゃん」

と、リオは提案する。

「はいです！」

ソラが断る理由などもちろん何もなく、リオは首都の様子を少しだけ見ていくため地上へと降下した。

国の現状や行く末を簡単に推し量ろうとするのなら、国の上層部について探るのが手っ取り早い。ということで、リオとソラは精霊術で不可視の結界を張って、神聖エリカ民主共和国の最高意思決定機関である議会の様子を覗くことにした。

議事堂に入ると、ちょうど議会が開催されているところだったのだが……。結論から語ると、神聖エリカ民主共和国の行く末には暗雲がどんよりと立ちこめていた。

「次はガルアーク王国から抗議の使者が来た件についてです。捕虜の返還と引き換えに賠償金の支払いを求めてきていることに、どう対応するか。今日こそ結論を出しましょう」

国の宰相という地位に就くアンドレイという男性が、司会進行を務めていた。リオよりは年上だが、まだ若い青年だというのに、その表情からは実に色濃く苦労が滲み出ていることが窺える。

「どう対応するも何も……」

「ない袖は振れんだろ」

「では捕虜はどうするのだ？　見捨てるのか？」

「そうは言っていない。話し合いでどうにか返還してもらえるよう交渉して……」

「はっ、交渉材料はあるのかよ？」

「それは、金銭が無理なら代わりの何か、食料などでも……」

「食料⁉　来年以降の食料確保の見通しが立っていないのに、よその国に食料を差し出すのか⁉　冗談じゃない！　俺は反対だぞ！」

金銭の代わりに食料を差し出すことに、過敏な反応を示す者が現れる。

そもそも、神聖エリカ民主共和国の農業や土地の開発は土の神装を持つエリカありきで事業を行う予定だった。そのエリカが消え去ってしまったのだから、予定が崩壊するのは道理である。加えて――、

「……そもそも、どうして我々は遠方のガルアーク王国に戦争を仕掛けたのだ」

「それは、悪しき王侯貴族を打倒するという、我々の大義のために……」

「だからって、そもそもよその国にまで喧嘩を売る必要があったのかよ」

「…………………」

超越者になったエリカはリオと同じように忘れさられてしまった。ガルアーク王国への侵略に踏み切った決意の過程や熱量さえも、記憶から抜け落ちてしまったのだろうか。だからか、そもそも論のところで押し黙ってしまう。すると――、

「皆さんの意見はわかりました。ですが、そろそろ結論を出しませんか？　捕虜となってしまった我々の同胞を救うのか、見捨てるのか」

アンドレイが議論の舵を切る。

「……俺らは結論を出そうとしているさ」

議員達は後ろめたそうにアンドレイから視線を逸らす。

「ですが何度も同じ話を繰り返しています。討論に熱は入っているのに、いざ捕虜を見捨てるのか見捨てないのかの話になると、尻込みをしている。そうとしか見えません」

結論を出すことで生じる責任を負いたくないからだろう。結論を導き出す上での前提となるような発言はしているのに、結論自体は口にしない。議会にいる者達は、そんな詭弁ばかりが達者になってしまった。これでは建設的な議論などできるわけがない。

「当たり前だろう!?　俺らの判断で捕虜達の扱いが決まるんだ！　お前だって責任を負うんだぞ!?」

「その通りです。だから、逃げずにきちんと結論を出したい。ガルアーク王国の使者だっていつまで待ってくれることか……」

「……なら、いっそのことガルアーク王国の使者を捕虜にして、それで人質交換するというのはどうだ？」

誰かがそんなことを言うと――、

「ば、馬鹿なことを言うな！　それでガルアーク王国が本気で怒ったらどうする!?」

「臆病者め！」

怒号が飛び交い始める。

なんというか、ぐだぐだだった。以前はエリカという指導者がいたから議会が一枚岩で統率されていたが、今となってはバラバラの個人の寄せ集めにすぎない。建国の際に主だった貴族は処刑あるいは追放されて、政治に関わった経歴を持つ者が議会にいないことも致命的だ。

正直、見るにも聞くにも堪えなくて、リオは数分と経たず退室を決める。

（行こうか、ソラちゃん）

リオはソラの肩にぽんと手を触れると、念話で語りかけた。そしてそのまま首都の外まで出ると、再び精霊術で空へと舞い上がる。そうして、リオはかつてエリカが暮らしていたであろう村を目指した。

首都エリカブルクを出て数十分。

ちょうど東へ五十キロほど移動したところで、リオはそれらしい村を発見した。飛行を停止し、一帯の地形を確認する。

（山があって、滝が見える。麓には村がある）

エリカが口にした情報が断片的だったのでまだ確定とは言えないが、首都からの距離的にも該当する可能性は高い。

「あそこかもしれない。ちょっと滝の近くに降りてみよう」

リオはソラを連れて滝のすぐ傍へ降下していく。と――、

「竜王様、あれ……」

「うん、何かあるね」

お墓にも見える人工物を発見して、二人ですぐ目の前に降り立つ。素材は巨石。それは板状に加工された、四角い石造りの簡素なデザインをしていた。

（墓石……で間違いなさそうだな。これは……）

おそらくは手彫りだろうか？　石には文字が彫られている。

「……なんて書いてあるんでしょう？」

ソラがまじまじと文字を凝視した。

「てしがはらあきら、かな」

リオが石に彫られた名前を読み上げた。

「お読みになれるんですね！　流石は竜王様です！」

「たまたま知っている文字だっただけだよ」

名前はローマ字で彫られていた。

それ以外の何かが記されているわけではない。

だから、どういう漢字なのかまではわからなかった。

リオは地面に手を触れ、魔力を流し込んでみる。触診のように、地面に埋まっている物体の形状を確認しようとしているのだ。

（……骨が埋まっている。掘り返された形跡もない。エリカさんの婚約者だった人のもので間違いはないはず）

リオはそう推察すると、地面から手を放して立ち上がった。このままエリカを埋葬してもいいのだが――、

「ちょっと麓の村へ行こうか」

少し気になって調べたいことがある。リオは一度、エリカが婚約者と暮らしていたであろう村へと向かうことにした。

麓の村は実に静かだった。

リオとソラが中へ入っていくと、村人達から視線を向けられる。

超越者になったことで人の記憶に残りづらく、人の意識に留まりづらいという意味で影も薄くなったリオだが、どうやら警戒されているようだ。よそ者とは極力関わりたくないのか、閉鎖的な雰囲気が伝わってくる。

リオは警戒する村人達にそれでも声をかけて、村長の邸宅に足を運んだ。木製の玄関をノックすると、しばらくしてゆっくりとドアが開く。

壮年の男性だった。

「……誰ですかね？」

男性はリオの身なりを上から下まで値踏みするように見つめてから、素性を確かめる質問を口にする。

「旅の者です。村のことで村長さんに少し聞きたいことがありまして、よろしければお話を聞かせてもらえませんか？　知りたい情報が得られるようなら、相応のお礼もします」

リオはそう言って、銅貨や銀貨の入った小袋を見せる。謝礼の話は効果的だったのか、男性の目の色が変わるのがわかった。

「……お貴族様、ですかね？」

上質な装備に身を包むリオの格好から、そう判断したらしい。

「まあ、以前は。ですが、身分のことは気にしないでください」

名誉騎士だったことは事実だ。嘘はいっていないし、その方が相手の口が軽くなるのならばとでも考えたのか、リオは村長の質問に答えた。すると――、

「……お入りください」

男性はリオとソラを家の中に招き入れた。

「失礼ですが、貴方が村長さんで？」

「ええ、そうです。まあ、お座りください」

「どうも」

村長に促され、リオとソラはダイニングに腰を下ろす。

「それで、どういった話が聞きたいので？」

世間話をするつもりはないのか、村長は単刀直入に尋ねた。

「ここ一年くらいの間に、外部から村に定住した男性はいませんでしたか？　名はテシガハラアキラ」

リオも直球で質問を口にする。

「っ…………」

すぐには質問に答えない村長。

その瞳にまず宿ったのは、強い驚きだった。

続けて、気まずさと、後ろめたさ。

「いたんですね？」

リオは村長の反応からそう推察する。

「……………ええ、まあ」

村長は激しく葛藤した後、なんともバツが悪そうに肯定した。

「その男性を巡って、何か印象的な出来事が起きませんでしたか？　それこそ、人が死ぬような」

「あ、あの、貴方様はその男と、どのような関係だったので？」

よほどの出来事があったのか、村長はひどく取り乱してリオとエリカの婚約者だった人物との関係性を尋ねてきた。

「直接の面識はありません。赤の他人といえば、赤の他人です。ただ、その人物の元婚約者だった女性のことは少し知っています。まあその女性は既に亡くなっているのですが、彼女について少し調べていまして、婚約者だった男性のことも知りたいんです」

と、リオは正直に男性のことを探ろうとする理由を語る。

「そう、ですか……」

直接の関係者でないのなら恨まれることもないと思ったのだろうか？　リオの話を聞いて少しホッとしたのか、村長は落ち着きを取り戻す。

「この村で何があったのか、話してもらえませんか？　私は事実を知りたいだけで、知ったからといって何かをするわけではありません。包み隠さず教えていただけるのであれば謝礼としてこれはそのまま差し上げます」

リオは謝礼として用意していた銅貨と銀貨入りの小袋をコートから取り出し、テーブルの上に置いて村長に差し出した。

「…………………………っ！」

激しく葛藤する村長だったが、やがて小袋を掴み取る。そして腹をくくったように、過去の出来事を語りだした。

◇◇◇

ある日、身なりのいい格好をした黒髪の男性が、一人で村へ移り住んできた。男性は村人達の信用を得ようと、人がやりたがらない仕事を積極的にした。男性は賢く、村人達にはできない仕事もするようになった。

そうして、男性は少しずつ村に馴染み始める。

だが、村人が知らぬ知識をひけらかしたり、村の生活が苦しい中で貴重な品を見せびらかしたりすることもあって、快く思われないこともあったという。

そんなある日、男性は交易のため都市を訪れるメンバーに選ばれる。そして、村中を震撼させる大事件が起こった。

男性が都市で貴重品を見せびらかしたせいで、貴族に目をつけられてしまったのだ。それで貴族が村まで押し寄せる事態に発展してしまう。

すると……。

なんと、男性の所持品は盗品だったことが判明した。貴族は盗品を回収するため、村へやってきたのだという。

村人達は怒り、男性を非難した。貴族は穏便に事を済ませようとしてくれたが、男性に反省の色はなくて、盗品の返還を拒んだという。

男性が特に執着していたのが、高そうな宝石が入った指輪だった。婚約指輪だからと嘘をついて、村人達の説得にも応じず貴族への返還を断固拒否したという。だが、やがて指輪を奪われると……。

男性は尋常ではない馬鹿力で激しく暴れ出した。それで、穏便に済まそうとした貴族もやむをえず、連れてきた騎士達に命じて男性を殺害させる。

貴族は協力を惜しまなかった村人達を責めることはせず、協力のお礼に村の税を免除してくれることも約束してくれて、盗難事件は晴れて解決した。

はずだった。ところが……。

すぐに、新たな大問題が起きる。

なんと村を訪れた貴族の一行が、帰路に就こうと村を出た直後に一人残らず惨殺されてしまったのだ。他にも、若い夫婦と赤ん坊の三人家族が惨殺されていた。

いったい誰が貴族の一行や、村の家族を惨殺したのか？

村は大パニックになった。

当然だ。滞在中ではなくとも、村のすぐ傍で貴族が惨殺されたのだから、真っ先に疑われるのは村人達だ。下手をすると村人全員が処刑されかねない事態である。実際、国から村に対してあらぬ嫌疑がかけられた。

ただ、幸い惨殺の現場に貴族が魔法を使った痕跡があり、また身体能力を強化できる騎士達も複数いたことから、村人如きに殺されるはずがないという結論に至ったらしい。それで村人達の容疑は晴れた。

しかし、誰が貴族や村の家族達を惨殺したのか、という疑問が謎として残り続けた。その謎は今でも詳らかにはなっていない。強い魔物か、獣にでも襲われたのかという可能性も出たが、村の周りでそういう存在の目撃情報は後にも先にもなかった。

だからか……。

――もしかして、殺された男性が逆恨みをして、貴族達や村人達を呪い殺したのではないか？

と、村人達は考えるようになったという。

なぜなら、惨殺されたのがいずれも男性から強い恨みを買っているであろう者達ばかりだったからだ。男性の殺害を命じた貴族はもちろん、惨殺された一家は子供の出産で男性に恩があったにもかかわらず、男性に不利な証言をした。

呪われる理由は十分にある。

それに……。

――男性は村人達のことも呪っているのではないか？

という恐怖心が、村に蔓延するようになったという。というのも、男性が死んだ後、村の中で不吉な怪奇現象が起きるようになったのだ。

シュトラール地方ではまず起きることがない地震が起きたり、畑が激しく荒らされていたり、家畜の死体が見つかったり……。それらも殺された男性の呪いなのではないかと、村人達は恐れるようになったという。中には村の誰かの仕業なのではないかと、疑心暗鬼になっている者もいるらしい。

ここ最近はその怪奇現象も起こらなくなったのだが、いつまた妙なことが起きるのではないかと村人達は冷や冷やしているのだという。

そして、村の中ではよそ者に対する不信感がすっかり蔓延し、最近では村人同士の関係もぎこちなくなってしまったらしい。

と、ここまでが大まかに村長が語ったことなのだが……。

死ぬ寸前にエリカが超越者になったことで神のルールが発動し、彼女を知る者達の間で記憶の補完が発生したからだろう。婚約者の男性とエリカとで、主体が入れ替わっているように感じた出来事がいくつかあった。

それに、村長がどこまで事実に近いことを語ったのか、リオにはわからない。話し手の主観が混じった表現も多かったので、自分に都合が良いように過去の出来事を脚色している可能性が大いにあるからだ。

村長の話によれば、エリカの婚約者だった男性は嫌な性格をした悪人のように語られているのだが、それも疑わしい。

だが、それでも……。

村長の話から垣間見えてきた事実もある。

すなわち――、

（……男性が疑われた貴重品の盗難は間違いなく冤罪だ。日本から転移してきてこの村で暮らしていて、貴族の品を盗めたわけがない）

おそらくは日本から転移してきた時に所持していた品なのだろう。リオは十中八九、エリカの婚約者が言いがかりの冤罪で殺されてしまったことを見抜いていた。

村人達は貴族を恐れたのか、あるいは事前に免税の話をチラつかされて欲に目がくらんだのか、誰もエリカの婚約者を助けようとはしなかった。結果、エリカの婚約者は無実の罪で村人達から嘘つきだと断じられ、貴族に殺されたことになる。

そして――、

（貴族達が殺されたのは帰り道、村を出てすぐのこと。となると、彼女は婚約者が殺された時、現場に居合わせなかったのか？）

という事実関係の疑問も生じた。

婚約者が目の前で殺されようとしているのなら、黙って殺されるのを見過ごすことはしないだろう。だから、エリカは婚約者が殺される現場には居合わせなかったのかもしれないが――、

（いや、村長は男性が尋常じゃない力で暴れたから殺したと言っていた。となると、暴れたのは彼女か？　それで、一度殺された？）

と、リオは推察し直す。

確かに、仮に当時のエリカがリオと対峙した時ほど強くなかったとしても、魔法で身体能力を強化できる騎士達を相手に簡単に後れを取るとも思えない。

だが、もともとエリカは日本で生まれ育った一般の女性だったはずだ。殺し合いの経験があったとは思えない。そういう人間が勇者の力を獲得したところで、いきなり人を殺すのは難しい。

やむを得ず闘争に巻き込まれたとしても、遠慮や怯えが出るはずだ。貴族が連れてきた護衛の騎士達は複数いて、多勢に無勢の状況だったはずで、それで後れを取って殺されてしまったことは十分にありえるだろう。エリカが致命傷を負っても復活することはリオも身をもって知っている。だから、いずれにせよ――、

（婚約者の男性が殺された後、騎士達と村の家族を殺したのは間違いなく彼女だ）

エリカが貴族達と村の家族に復讐を果たしたことは確かだろうと、リオは判断した。他の村人達に手を出さなかったのは関与の度合いが少なかったからなのか、殺さずに苦しめてやりたかったからなのかはわからないけれど……。

（彼女は蘇生ありきの自暴自棄な戦い方をしていた。勇者が簡単には死ねないことにも気づいたのはこの時だったのかもしれない）

勇者の強さの秘訣は、封印された高位精霊との『同化』にある。精霊霊約と呼ばれる特殊な契約を結び、契約者と精霊が文字通り一体化する技法が同化だ。

勇者は高位精霊と同化することで、人ならざる存在へと近づき、人間を超えた力を扱えるようになる。神装を具象化することもできるようになる。

ただ、勇者は封印された高位精霊と完全に同化することはできない。制限なく完全に同化させてしまうと、封印されている高位精霊が前面に出てきてしまい、肉体の主導権を乗っ取られてしまう恐れがあるからだ。だから、同化の度合いを制限するセーフティのような魔術が、神装というか勇者というシステムに組み込まれている。

けど、エリカは明らかにそのセーフティを外して勇者の力を引き出していた。ロダニアで戦った蓮司もだいぶ力は引き出していたが、エリカにはまだ及ばない。エリカがどうや

ってセーフティを緩めることができたのかはずっと不明なままだったけれど——、

（勇者が力を引き出せるようになる条件はもしかして……）

死ぬことなのか？

と、リオは背筋を凍らせて考えた。

実際、半ば蘇生にも近かったエリカの回復能力は同化の賜物だろう。だとすれば、一度か、あるいは複数回か、人間ならば即死するような致命傷を負い続けることで、同化のセーフティが外れていく可能性はある。

この村で起きた出来事を知ったことと、エリカの自暴自棄な戦闘スタイルを振り返ってみると、なんとも納得がいく解釈だ。

（けど……）

検証しようにも検証のしようがない。仮に検証しようとするのなら、勇者に自殺してもらうか、勇者を殺すような攻撃を加える必要がある。検証しようとする者がいたら、完全に常軌を逸している。

それこそエリカのように復讐の鬼にでもならなければできない所業だ。エリカ自身、その秘密に気づいていたから自暴自棄な戦い方をしていたのか、あるいは知らないで力を暴走させたのかはわからない。けど、どちらにしても——、

「…………………」

なんと、救いのない話だろうか？

（彼女が世界を憎んだ理由が、ずっとわからなかったけど……）

エリカの過去や境遇を理解した今、リオはようやく、エリカという人物の心を理解できた気がした。

普段のリオなら無闇に人の事情に立ち入るような真似はしない。人と一定の距離を保って生きるようにしている。だが、わざわざ村を訪れて過去の出来事を探ろうとしていた時点で、リオは復讐者であるエリカにある程度の感情移入をしていた。

必要なピースが揃ったことで、移入の度合いも一気に強まったのだろう。不快な気持ちがこみ上げてきたのか、リオは堪らず顔をしかめてしまう。

すると、そうしている内に、途中からは男性の人格を貶めるような悪口ばかりを口にしていた村長の話も終わって――、

「ありがとうございます。私もだいぶ参っていたんですが、誰かに話を聞いてもらえて少し胸のつかえが取れた気がします」

村長が罪悪感を吐き出すように、深く息をついた。懺悔を終えて許されたのだ、とでもいわんばかりにすっきりとした顔をしている。

「…………」

リオは苦い面持ちになる。

村長がなぜそんな表情をしたのかといえば、亡くなったエリカの元婚約者に対して何か後ろ暗いと感じるところがあったからなのかもしれない。だから、罪を打ち明けて楽になったと感じている。

だが、それは……。

それは……。

許されることなんだろうか？

「何か、村の人達も、彼に対して後ろめたいことをしたんですか？」

リオは訊くか悩んだような表情を覗かせてから、村長に問いかけた。

「え……？　…………どうして？」

村長はまずたっぷり面食らう。遅れて、その表情に罪悪感の色が戻り始めると、リオにどうしてそんなことを訊いたのか尋ねた。

「亡くなってしまった男性に対して何か後ろめたいことでもあって、それが軽くなったから胸のつかえが取れたのかなと思いまして」

リオは村長の心の動きを言い当てようとする。

「い、いえ。そ、そんな、そんなことは、していませんよ、私は……」

村長はだいぶ狼狽気味に否定すると、気まずそうにリオから視線を逸らした。それは後ろめたいところがあると言っているような反応そのものだった。だが、リオはそれで話を長引かせるつもりはないのか――、

「……そうですか。なら、良かった」

そのまま話を切り上げて、腰を上げようとする。しかし――、

「な、何が……」

「え？」

「何が、良かったんですか？」

村長は立ち上がるリオを呼び止め、問いを発した。

「……死んでしまって、もう二度と謝ることができない誰かがいて、謝りたいことを抱え続けて生きるのは辛いでしょう？　一生、後悔しながら生きていくことになる」

リオは少し悩んでから、言葉を選んで村長の疑問に答える。

「…………」

村長はよほど呆気にとられたのか、目を点にしてきょとんとした顔になった。リオはそんな彼に対して、さらにこう告げる。

「けど、相手が謝罪を望んでいるのならともかく、謝ったところで気持ちが楽になるのは自分だけのことも多い。もし謝ったところで許されないほどの過ちを犯してしまったのなら、一生謝らず、嫌われたまま悔いていくべきなのかもしれません」

「…………」

やはり押し黙ったままの村長だが、その顔色はだいぶ悪い。

「……だからです。死者に後ろめたいことが貴方に何もないのなら、『良かった』と思いました。妙なことを言ってしまいましたね。では私はこれで。話してくださってありがとうございました」

リオは最後にそう言い残すと、今度こそ立ち上がった。そして、ソラに目配せしてそのまま玄関へと足早に歩きだす。

「あっ！」

村長はまだ何か言いたそうに声を出し、リオの背中に手を伸ばす。だが、リオは気づかなかったのか、気づかないフリをしたのか、立ち止まらずに玄関を出ていく。

それから――、

「…………」

村長は苦虫でも噛み潰したような顔で、テーブルの上に置かれた謝礼の小袋を見つめ続けていた。

村長の家を出た後。

リオは早々に村を後にし、エリカの婚約者が眠る墓の前に戻った。村長の話を聞いて何を感じたのか、ソラもリオも口数が少なくて……。

「…………」

リオは墓石を見下ろしたまま、しばし押し黙っていた。

（婚約者を殺されてしまったことによる強い負の感情。それが彼女を聖女エリカへと変えてしまった。こんな世界に迷い込まなければ婚約者を失うことはなかった。そう思って世界とそこに生きる人々を恨んだ。だから、世界そのものを不幸にしようとした）

その復讐心は実に歪んでいて、理不尽だと思う。それに、エリカが災いを振りまこうとしていた世界にはリオの親しい者達もいて暮らしているのだから、やはりリオがエリカと争う以外の選択肢はなかったし、殺す以外の選択肢もなかった。

だが、リオはエリカの怒りに共感ができないわけではなかった。なぜなら、リオもまた復讐心に身を焦がして生き続けてきた人間である。エリカの怒りが間違っていたと、否定することなどできるはずがない。

だから、ああして殺し合う以外の選択肢がなかったことが、なんだか無性にやるせなくなったのかもしれない。エリカの過去のことなんて、わざわざ知ろうとしなければもっと楽でいられたはずなのに……。

でも、エリカの過去を知ることができたからこそ――、

「……《解放魔術》」

リオはエリカを丁重に弔おうと思った。時空の蔵から彫刻刀を取り出すと、婚約者の名前が刻まれた墓石にエリカの名前を刻み始めた。

(さくらば、えりか)

エリカの名前はリオも聞いて覚えているが、漢字まではわからない。婚約者の名前がローマ字で彫られていて幸いだった。というより、漢字がわからなくても死んだ自分の名前も刻んでもらえるように、あえてローマ字で婚約者の名前を刻んだのかもしれない。

(いや、それは……、考えすぎか……)

考えたところで、婚約者の名前をローマ字で刻んだエリカはもう死んでいる。リオはエリカのフルネームを思い浮かべながら、丁寧に名前を彫っていくことにした。そうして名

前を彫り終えると――、

「《解放魔術》」

リオは墓の下の土を掘り返してから、凍らせていたエリカの亡骸を時空の蔵から出現させた。そして掘り返した土の中にエリカの亡骸をそっと入れると、掘り返した土をすべて埋め直して土葬を完了させようとする。ただ、亡骸を完全に埋め終える前、最後に垣間見えた彼女の穏やかな表情が印象的だったのか――、

「…………」

リオは一瞬、作業を中断して亡くなったエリカの顔を見つめた。だが、死んだエリカが何かを語るはずもない。リオはかぶりを振ると、今度こそ埋葬を完了させた。それからエリカが婚約者と共に眠る暮石を、その後もじっと見下ろしていると――、

「竜王様……」

ソラはすぐ隣で、心配そうにリオの横顔を覗き込む。まさしく大人と子供ほどの身長差があるから、見上げる形にはなってしまったけれど……。

「ごめんね。少し考え事をしていたんだ」

リオは優しく口許をほころばせて、ソラの頭を優しく撫でた。それでソラはくすぐったそうに、こそばゆそうに頬を緩める、だが、そんな場合でもないと思ったのか、あるいは

リオに向けて何か言わなければならないと思ったのか——、

「あ、あの、竜王様！」

と、ソラは声を張り上げる。

「何？」

リオは小首を傾げ、柔らかな声色で続きを促す。

「……リーナが言っていました。六賢神は人類の愚かさや醜さに辟易としていたと。連中のことは大嫌いですが、ソラには少しだけその理由もわかるような気がしていて……」

ソラが思いの丈を語る。村での話を聞いた上で、実際に感じたことを口にしているのだろう。

「……そう、だね」

リオだって過去に人の色んな嫌な側面を、肌をもって感じてきた。だから、ソラの言うことにも共感でき、いっそう複雑な面持ちで頷く。だが、ソラはそんなリオの表情が見たかったわけではないようで——、

「ち、違うんです！　ソラが言いたいのは、そういうことではなくて……。ソラは、竜王様に元気を出してほしいのです。嫌な奴らのことなんか気にしないで……」

もっと上手く、説得力を持たせて元気づけられることができればいいのにと思っている

のか、ソラはもどかしそうに考えを言語化しようとしていた。

「……ありがとう、ソラちゃん。わかっているよ。人間の一面だけを見て、人間という生き物全体に絶望するのは間違っているはずだ。悪い一面だけが、人間の全てじゃないと思う。だから……」

　リオはそこまで語り、小さく息をつくと――、

「だから、気持ちを切り替えて旅を続けよう」

　力強く語って、未来を見据えた。

「……はい！」

　ソラも力強く首を縦に振る。

（またいつか、来ます）

　世界中の誰もがエリカの存在を忘れ去った今、彼女を弔ってやれるのは極一部の限られた者だけだ。リオは墓石を一瞥して軽く会釈してから、背中を向けて出発しようとした。

　だが、精霊術で飛び立つ寸前に――、

「ありがとう」

「っ……？」

　エリカの声が聞こえた気がして、リオはハッとして後ろを振り返った。しかし、そこに

は誰の姿もない。

「どうしたんです、竜王様？」

「……いや、なんでもないよ。行こう、神魔戦争が始まったとされる土地へ」

この旅の本当の目的を遂げるべく、リオとソラはシュトラール地方の西へと続く空へ飛び立った。

第五章　追憶の貴久

千堂貴久には初めて出逢った時から、ずっと好きな人がいた。綾瀬美春という名前の女の子で、生まれて初めて一目惚れをした。

貴久が美春と初めて出会ったのは、彼の父が再婚をして間もない日のことだ。そのきっかけというか、美春を貴久に紹介してくれたのが、父親の再婚に伴い誕生した義妹の亜紀だった。

再婚当初、亜紀は人見知りなところもあったけど、すぐに貴久や雅人と打ち解けた。当時の亜紀はかつて母の離婚で父と兄を失ったことがトラウマで、心に穴があった。貴久や雅人は本人達も知らぬ内に、その穴を埋める存在になったのだ。

ともあれ、亜紀はそれで自分が本当の姉のように慕う美春のことを、貴久と雅人に紹介してあげることにした。

初めて美春と顔を合わせた時、貴久は中学校入学を控えた時期だった。その時の衝撃を、貴久は成長した今でも鮮明に覚えている。

「…………………」

美春があまりにも可愛くて、貴久は言葉を失ってしまった。

「美春お姉ちゃん、前にも言ったでしょ。私ね、兄弟ができたの！　貴久お兄ちゃんと、弟の雅人！」

当時、亜紀はとても嬉しそうに、誇らしげに二人のことを紹介していた。

「……そう、なんだ。綾瀬美春です。初めまして」

美春は緊張しているのか、ぎこちない笑みを浮かべ二人に挨拶していた。

「…………………」

「……お兄ちゃん？」

貴久が硬直し続けているものだから、亜紀がそっと顔色を窺う。それで貴久はハッと我に返ったが――、

「え？　あ、うん……。えっと、貴久です。千堂、貴久。亜紀の兄になりました。よ、よろしく」

緊張して、貴久の声は裏返っていた。一方で――、

「美春姉ちゃん、すっげー可愛いなあ。俺、こんな可愛い人、初めて見たよ」

雅人は素直に気持ちを表現していた。

「え、ええ？　あ、ありがとう。そんなこと、初めて言われたよ」

美春はぱちぱちと目を瞬いてから、こそばゆそうに微笑んで礼を言う。

「雅人……」

貴久は羨ましそうに、それでいて咎めるように、雅人の名を口にした。何でも素直に考えを口に出来てしまう雅人に嫉妬してしまったのかもしれない。自分だって素直に気持ちを表現したいのに、と。

「ちょっと、雅人。あんたじゃ美春お姉ちゃんと釣り合わないんだから、駄目よ」

亜紀がそう言って、美春の腕に抱きついた。

「わかっているよ、ったく」

雅人はぽりぽりと頬を掻く。すると——、

「お兄ちゃんだったら釣り合うかもね？」

亜紀が美春の腕に抱きついたまま、疑問形でそんなことを言う。貴久と美春の顔を交互に見比べていて、どちらにも向けた発言にも聞こえた。

「え？　い、いや、亜紀……っ！」

貴久はドキッとしたのか、激しく身体を震わせる。上手い返しが咄嗟に思い浮かばず、しどろもどろしていると——、

「あはは。亜紀ちゃん、いきなりそんなこと言っちゃ、貴久君も困っちゃうよ」

美春が先に亜紀を窘める。そう言う美春自身も困ったように苦笑していたのが、貴久の目には印象的に映った。

「どう、お兄ちゃん？」

「え？　いや……、参ったな」

亜紀から水を向けられても、貴久は満更でもなさそうに照れ笑いを浮かべるのが精一杯で……。

――いや、俺は別に、困らないよ。

と、口にすることが、当時の貴久にはできなかった。

それが、貴久と美春の出逢いだ。美春が覚えているかどうかはわからないけど、貴久は今でも覚えている。

それから、何日かして……。

「……なあ、亜紀。美春って、好きな人はいるのかな？」

貴久は思いきって、亜紀に質問した。

「え？　美春お姉ちゃんに……？」

最初、亜紀は嬉しそうに訊き返した。

だが、質問内容からかつての兄である天川春人のことを思い出したのか、ほんの一瞬だけ亜紀の表情が強張ったようにも見えて――、

「……亜紀？」

貴久は亜紀の顔を覗き込んだ。

「う、ううん、いないよ。美春お姉ちゃんに、好きな人なんていないない」

亜紀は少し声を上ずらせながらも、力強くかぶりを振った。それで――、

「そ、そっか。そうなんだ……」

貴久はほっと胸をなで下ろしてから、なんとも嬉しそうに頬の筋肉を弛緩させた。だって、もし美春に好きな人がいたらどうしようと、見えもしないライバルを妬んで気が気じゃなかったのだ。亜紀のわずかな心の機微を読み取ることなんて、この時の貴久にできるはずもなく、吉報を素直に喜んだ。すると――、

「お兄ちゃん、もしかして……。もしかする？」

亜紀の表情からいつの間にか翳りが消えていた。期待を滲ませて、にこにこと貴久を見つめていた。

「い、いや、その……」

貴久は明確に肯定こそしなかったが、否定もしない。ただ、顔を赤くし、照れ臭そうに

頬を掻く仕草は、もはや肯定しているも同然だった。

「ふっふ～」

貴久の美春に対する想いは、こうして、あっさりと亜紀に見抜かれた。

ただ。

それから、中学の三年間で……。

貴久と美春の関係が進展することはなかった。貴久が中学の三年間で、美春に積極的なアプローチを仕掛けなかったからだ。

そもそも、美春の気持ちは貴久に向いていない。貴久からアプローチを仕掛けなければ進展する余地などなかった。

まあ、仮に貴久がアプローチを仕掛けていたとしても、美春の中にはいまだ天川春人が存在していた。貴久が積極的になっていたところで、美春を振り向かせることは難しかったのかもしれない。だが、それでも貴久が何もしなかったのは事実だ。可能性は文字通りのゼロではなかったかもしれないのに……。

貴久は可能性をゼロのままにしていた。というより、本人的にはアプローチなど仕掛けなくとも、可能性があるんじゃないかと大いに期待していたのかもしれない。

だって、亜紀がいてくれたから、貴久はいつだって美春の傍にいることができた。美春は亜紀にとって実の姉のような存在で、美春も亜紀のことを本当の妹のように可愛がっていた。つまり、美春と亜紀は不可分の関係なのだ。

したがって、貴久が亜紀の良き兄であり続ける限り、必然的に美春と話をする口実もできる。実際、学校でも、学校の外でも、美春に最も近しい男子生徒は貴久だった。美春があまり異性慣れしていないからというのもあったが、美春の周りに貴久以外の異性の姿はなかった。

だから、貴久は安心してしまった。そして、恐れてしまった。余計なことをして、自分と美春の関係が変わってしまうことを……。美春のことが好きで好きで大好きで仕方がなかったから、告白してフラれてしまうのが、無性に怖(こわ)かった。

それに、楽しかったのかもしれない。

美春は学校中の男子生徒が注目するほど可愛くて、美春の隣にいるのはいつだって自分で、それだけで特別感を味わうことができた。学校の生徒達からあの二人は付き合っているんだろうなと噂(うわさ)されるのが、嬉しくて嬉しくて仕方がなかった。

焦(あせ)る必要はない。美春に一番近しい異性は自分なのだ。となれば、美春だって少なからず自分のことを意識してくれるはず。この関係性をキープしていけば、いつか自然と美春と付き合える。

自分にそう言い聞かせて……。

貴久の中学三年間は、終わりを迎(むか)えた。

それから。

中学の卒業式が終わり。

高校の入学式を控えるようになって……。

貴久は不安を抱くようになった。美春と同じ高校に入ることにはなったけれど、高校に入れば人間関係が一変する。そうしたら、新たに美春を好きになる男子生徒が現れて、美春に告白するかもしれない。

それに、もし美春が誰かを好きになってしまったら？

貴久は焦り始めた。春休みの間、悩んで悩んで悩み続けた。美春に告白した方がいいんじゃないだろうか、と。

それで、貴久は決意した。告白……とまではいきなりいかなくとも、高校ではもっと積極的になっていこう、と。

そうして、入学式の日を迎える。

通学中はもちろん、学校に着いてからも――、

「うわっ、あの子めっちゃ可愛くね？」

「隣のあいつ、彼氏なのかな？」

「イケメンかよ」

とか、周りの生徒達が話しているのが聞こえてくることがあって、ちょっとした優越感を抱く。

そうだ。自信を持とう。その上で積極的になる。この学校の中で自分が一番、美春に近しい存在であることにはいまだ変わりはないのだから。

と、貴久は密かに意気込んだ。

美春の心の中には幼馴染の天川春人がいて、その天川春人も同じ高校に入学していたなんて、この時は知りもしなかった。

まあ、知っていたところで、何かが変わったわけでもないのだが……。なぜなら、入学

式の帰り道に、貴久は異世界へ召喚されてしまう。貴久が美春と高校生活を送る未来なんて存在しない。

そう、召喚されるその瞬間まで、貴久は美春、亜紀、沙月、雅人の四人と一緒だったのだ。

なのに、気がつけば――、

「え……？」

景色が一変した。日本の住宅街を歩いていたはずなのに、貴久は見知らぬ場所に一人で立っていた。

広くて、瀟洒な空間だった。古代ギリシャ風というか、西洋風の神殿とでもいえばいいのだろうか？　貴久はその祭壇の上で、しばし呆然と立ち尽くして前方の光景を見つめている。

一方で、室内には貴久以外の者達もいた。その誰もが、およそ地球の現代人が着ないような豪華な服を着ている。ファンタジー映画にでも登場しそうな格好をしていて――、

「お、おお……」

貴久のことを呆然と見つめながら、嘆声を漏らしていた。室内にいる誰もが理解が追いつかなくて、しばしの静寂が続いたが――、

「な、なんだ、これ？　みんな、だいじょう……ぶ」

貴久がハッと我に返って、後ろを振り向いた。当然そこにいるはずの者達に声をかけようとするのだが、その当然は幻想で……。

貴久の周りには、誰もいなかった。

「み、美春？　な、なあ、みんな⁉」

貴久は慌てて声を張り上げた。祭壇の下に並び立ち、貴久を見上げている者達の中に知った顔がないか探すが、その誰もが日本人には見えなくて……。

「嘘、だろ……」

貴久はその場で呆然と膝をつく。

すると、祭壇下に群がる人垣の中から、ひときわ豪華な服を着た二人が出てきた。護衛らしき騎士達もすぐに後からついてくるのだが、親子ほど年齢が離れた二人だった。明らかに日本人ではない。

一人は王様然と、もう一人はお姫様然としていた。すぐに判明することだが、この二人こそがセントステラ国王と、その娘で第一王女のリリアーナである。

「………」

祭壇の上で呆然と膝を突く貴久に――、

「そなたは……、いや、貴殿(きでん)は勇者殿(どの)なのか？」

国王が問いかけた。

「…………え？」

貴久の視線が国王とリリアーナに向く。ただ、国王が何を言ったのか、この時はまだ聞き取っていなかったようだ。

「貴殿は伝説の勇者殿なのだろうか？　そう尋ねている」

国王が改めて問いを発する。今度こそ、貴久は質問の内容をはっきりと聞き取ったはずだが——、

「……は？」

貴久の目は点になる。

「…………」

国王は無言のまま、貴久という人物を見定めるように視線を向けていた。すると——、

「……ゆ、勇者？　何を言っているんです？」

貴久がようやく言葉をひねり出す。いきなり勇者なのかと尋ねられたところで、困惑(こんわく)するのは当然だろう。仮に——、

「え？　俺、勇者なの？　もしかして異世界に召喚されちゃった？」

なんて、すんなりと状況を受け止められる者がいたとしたら、その者はなかなかに常軌を逸している。

「今、貴殿が立っているその祭壇……」

国王がおもむろに手を上げ、祭壇を指さした。

「さい、だん……」

貴久の視線が足下に向く。

「そこには我が国の国宝、聖石なる宝玉が祭られていたのだ。その聖石が先ほど突然、巨大な光の柱を生み出した。そして光が消えた時、祭っていた台ごと聖石が消えて、代わりに貴殿がそこに立っていた」

と、国王は貴久が来る前の事実をわかりやすく解説する。

ただ、だからといって——、

「……そう、なんですか？」

貴久に勇者の自覚が芽生えるはずもない。

だから、どうした？

という話だ。

「……かつて六賢神が残したとされる聖典がある。そこに記されている勇者にまつわる予言と、貴殿の登場の仕方が一致している」

　国王はそう前置きすると、六賢神が残したとされる聖典の一節、勇者の予言にまつわる記載をそらんじる。すなわち……。

　猛き神装を抱き、人類を守護せし勇者達。

　神魔が争い、千年先の未来。

　六色の聖石が輝き、光の柱が天高くに舞い上がりし時。

　シュトラールの地に舞い戻り。

　賢き六柱の神々に代わりて、人の世を導かん。

「なる、ほど……」

　予言の一節を聞いてもピンとこないのか、貴久は反応に困る。

　というか、そんなことより――、

「あの、俺以外に誰か来ていませんでしたか？　美春という子が、一緒にいたんです！」

　美春達の所在が気になって仕方がなかった。貴久は気も漫ろといった感じで、美春達の居場所を尋ねた。

「……残念ながら、勇者殿以外は誰も現れてはいない」

「…………そんな……」

ここがどこなのか、勇者とは何なのか、どうして自分はこんな場所にいるのか、気にすることはたくさんあるはずなのに……。

異常事態過ぎて頭の処理が追いついていないのか、あるいは美春がこの場にいないことがショックすぎて、そんなことを気にする余裕もないのか……。貴久はすっかり途方に暮れて、放心状態になってしまった。

「余はセントステラ国王。ジョヴァンナ＝セントステラという。勇者殿の名前を教えてもらってもよいだろうか？」

国王は自分の名を明かし、貴久の名前を尋ねる。

「……貴久です。千堂、貴久……」

貴久は心の理解が追いつかず、呆け顔で自分の名前を口にした。

それから、王国は貴久を勇者として扱い、国賓としてもてなし、世話役に第一王女のリリアーナまでつけて、状況の説明を丁寧に行った。

それで、貴久は自分に何が起きているのかを理解する。ここが地球ではない別の世界だということ。セントステラ王国の意思とは無関係に勇者として召喚されたこと。召喚された時に一緒にいたはずの美春達はやはりどこにもいなくて、自分だけがたった一人で異世界にいること……。

城内や王都をどれだけ探しても、美春達の姿はやはり見当たらないという。それに、貴久は妙な夢を見て、勇者の証だという神装の扱い方を一方的に教わった。それで本当に神装を具現化させることもできてしまった。貴久が伝説の勇者なのだと、伝承や状況が如実に物語っていた。そんなこと――、

（……勇者になんて、なりたかったわけじゃない）

貴久本人は、ちっとも望んでいなかったけれど……。

夢ならば覚めてほしかった。だが、寝ても覚めても、地球に戻っていることはない。これは夢ではなく、現実だからだ。貴久からすれば悪夢としかいいようがない事態だが、現実なのだと認めるしかなかった。

ただ、その現実に貴久の心が耐えられるかどうかは別問題だ。もう地球に帰ることはできないのだろうか？　美春達とも二度と会うことができないのだろうか？

「どうしよう、どうしよう……」

貴久は諦めきることができず、連日塞ぎ込んでしまった。

（これから、これからだったんだ……。高校に入ったら、美春に……）

たった一人、異世界に迷い込んでしまったからだろうか？　高校に入ったら美春にどうアプローチしていくかで悩んでいた自分が、なんだか無性に馬鹿らしく思えてきた。

だって、もう一生、地球に帰ることはできないかもしれない。

異世界に来たことで美春との関係は物理的に途切れ、もう二度と、想いを伝えることもできなくなってしまった。

（こんな、こんなことなら、もっと早く、勇気を出して……）

美春にちゃんと想いを伝えておくべきだった、臆病な自分はなんて愚かだったんだろうと、貴久は激しく後悔するようになった。

何度も、何度も同じことを考えては、同じ感情を抱き――、

「ああ、もうっ……」

貴久は苛立って声を荒らげる。

だが、いくら怒ったところで負の感情を吐き出せるわけではない。行き場のない焦燥感や不安は蓄積していくばかりで……。

「ああ、もう、ああ、もう。もう、もう、もうっ！」

貴久が異世界に召喚されてから、何日かはこの調子だった。

毎日、朝になると――、

「おはようございます、タカヒサ様」

決まった時刻にリリアーナが貴久の部屋を訪れる。すぐ傍にはリリアーナの侍女であるフリルもいる。

「…………ああ、うん」

貴久の視線がリリアーナの立つ扉の前に向く。

ただ、二人のことは認識していても、意識を向けてはいなかった。現れた二人にちゃんと対応しようという精神的な余裕がないからだ。

ひどい言い方をすれば、この時点の貴久からすれば、リリアーナはいてもいなくても変わらない存在だった。貴久がリリアーナと親しくなり始めるのに、さらに数日の時間を要した。

◇　◇　◇

そして数日後。

貴久がこの世界に迷い込んでから、もう十日は経っただろうか。

そんなある日のことだった。

「おはようございます、タカヒサ様」

朝、今日もリリアーナが食事を用意させて貴久の部屋を訪れた。いつも通り、フリルが配膳台を押して二人で入室してくる。

「……おはよう。今日も来たんだ」

この日の貴久は、前日までとは少し違った。塞ぎ込んで落ち込んでいるように見えるのはそれまで通りなのだが、塞ぎ込み続けるのも流石に疲れたのだろうか？　自分達に何かしらの興味をわずかでも持ってくれたことがリリアーナにはわかったのか――、

「はい。ご迷惑でなければ、本日は朝食をご一緒してもよろしいでしょうか？」

と、貴久にお願いする。貴久の世話役に就任したリリアーナだが、貴久の側から話しかけてこない限りは話しかけようとはしなかった。心を閉ざした貴久と無理に関係を構築しようとしたところで、逆効果になるのは目に見えていたからだろう。だから、朝食を用意したらすぐに帰っていくのが、昨日までのルーティーンだった。だが、今日は違う。

「え……？　ああ、うん、別に構わないけど……」

貴久はちょっと意外そうに目を瞬かせ、だがすんなりと了承した。

「ありがとうございます。では、フリル」「はい」

リリアーナに命じられて、フリルが配膳台から二人分の食事を取り出す。そして室内のテーブルに皿を並べ始めた。貴久とリリアーナは着席して配膳を待つ。

（……最初から二人分、用意していたんだ）

配膳のためてきぱきと動くフリルの様子をぼんやりと眺めながら、貴久は「何の話があるんだろう？」と思う。本当は毎日、貴久と食事を出来るように二人分の食事を用意していたのだが、その可能性についてまでは思い至らなかった。すると——、

「タカヒサ様。昨日までの食事で、何かお口に合わない料理はあったでしょうか？」

対面に座るリリアーナが貴久に質問した。

「あ、いや……。なかった……と、思う、かな」

なんとも歯切れの悪い回答を口にする貴久。というのも、昨日までの貴久はまったく食が進んでいなかった。まったく何も食べなかったというわけではないが、出された食事は残してばかりだった。

気持ちが塞ぎ込んでいるせいで味なんてほとんどしなかっただろうし、何を食べたのかもよく覚えていないだろう。

「苦手な味付けがありましたら、遠慮なく仰ってくださいね」

貴久が食事を残してばかりだったことは、リリアーナには当然わかっているはずだ。ただその原因が気持ちの問題なのか、好き嫌いの問題なのか、あるいはその両方なのか測りかねたので、暗に確認してみたのだろう。

「あ、うん。大丈夫、だと、思います……。ありがとう」

と、貴久はなんともバツが悪そうに礼を言うと、続けて――、

「……それと、ごめん。俺、お城に住まわせてもらっているのに、何もしないで何日もお世話になって、ずっと塞ぎ込んだままで……」

謝罪の言葉も口にして、頭を下げた。塞ぎ込みすぎたことで却って冷静になり、ここ最近の自分を客観的に省みたのだろうか？

確かに、現代日本人である貴久の感覚を前提にして喩えるなら、現状は超高級ホテルのペントハウスフロアで、衣食住付きの暮らしを無制限かつ料金なしで受けさせてもらっているようなものだ。塞ぎ込んでいたとはいえ十日もそんな暮らしをしていれば、流石にまずいのではないかという考えが脳裏をよぎるのも道理ではある。

「いいえ、タカヒサ様が置かれた状況を考えれば仕方のないことだと思いますから。どうかお気になさらず」

リリアーナは優しい笑みを貴久に向けてかぶりを振った。

「……本当に、ごめんなさい」

自分に対して理解のある言葉を快く投げかけてくれたからだろう。貴久はなんとも申し訳なさそうに頭を下げた。

「こちらこそ申し訳ございません。予期していなかったとはいえ、我々が保管していた聖石によってタカヒサ様をこの世界にお招きする結果となってしまいました」

「いや、まあ……、君、じゃなくて、王女様達が保管していなくても結果は変わらなかったんでしょう？　なら、王女様が謝ることじゃない、です。むしろ召喚された場所がお城で良かったくらいだから」

だいぶ無理をしているのか、貴久は感情を押し殺すように下を向く。リリアーナはそんな貴久のことをじっと見つめると――、

「……寛大なお言葉、誠にありがとうございます。タカヒサ様が召喚されてから、我々も色々と調査を行っている最中です。遺憾ながらタカヒサ様が抱えてらっしゃる問題を直接解決する方法は見当もつきません。ですが、タカヒサ様と一緒にいらっしゃったという他の方々がこの世界にいない可能性がまったくない、わけでもないのかもしれません」

と、話を切り出した。

「……え？」

「希望となるかはわかりません。確定情報ではないので、さらなる絶望をタカヒサ様に突きつけてしまうかもしれません。ですのでお伝えするべきか悩んでいたのですが、こうしてお話をして今、お伝えしようと決めました」

「……ど、どういうこと⁉　美春達がこの世界にいるってこと⁉」

貴久はいてもたってもいられず椅子から立ち上がる。

「可能性がゼロではない、という話です。こちらの世界にいるかもしれないし、いないかもしれません。すぐに捜して会うのも難しいでしょう。それでも構わない、というのであれば喜んでご説明します」

「う、うん。聞かせてほしい！」

貴久は考えるまでもないと言わんばかりに即答した。

「承知しました。ですが、一つだけ条件がございます」

「…………条件？」

いったいどんな条件を突きつけられるのか？　リリアーナからじっと見据えられ、貴久は緊張した様子でぎこちなく首を傾げた。

果たして――、

「温かい内に朝食を召し上がりませんか？」

「え……？」

リリアーナが提示した条件は、驚くほど拍子抜けするものだった。

「この世界にいらしてから、まったく食が進んでいないようにお見受けします。それでタカヒサ様がお倒れになっては元も子もありません。どうか、どうか……、しっかりと栄養をお摂りください」

リリアーナはなんとも気を揉んだ眼差しを向けて、貴久の身を案じる。

「…………」

貴久はぱちぱちと目を瞬いて、リリアーナを見つめ返した。真正面からじっと見つめ合ったことで――、

（……ああ、この子は俺を心配してくれているんだな）

というのが、よく伝わってきた。

そして、同時に――、

（この子、こんな顔をしていたのか……）

リリアーナはとても可愛らしい少女だった。貴久は初めて、リリアーナを一人の人間として認識できた気がした。自分のことばかりに気が向いていて、周りにいる者達がどんな感情を自分に向けているのかなんてまったく見ようとしていなかったから……。

そのことに、気づいてしまった。

（……ああ、最低だな、俺）

貴久はあまりにも自分が不甲斐なさすぎて、情けなさすぎて、たまらず頭を抱え込んでしまった。そんな貴久の姿を見て、リリアーナはギョッとしてしまう。

「あ、あの、タカヒサ様？　それほど我が国の料理はお口に合わないのでしょうか？　でしたら無理に、とは申し上げないのですが……」

リリアーナは慌てて立ち上がり、おろおろと貴久に近寄った。

「い、いや、違う。違うんだ……。俺、なんていうか、本当に……、ごめんなさい」

貴久は深く溜息をついてリリアーナに謝る。

「タカヒサ様に謝っていただくことは、何もないのですが……」

もしかしたら、リリアーナが貴久という人物の人間味に触れて、貴久の人となりを知ることができたのも、この瞬間が初めてだったのかもしれない。項垂れて反省する貴久を見て、リリアーナは温かな笑みを覗かせている。

確かに言えることは、異世界に迷い込んで落ち込む貴久に寄り添い、手を差し伸べて優しく立ち上がらせたのが、他ならぬリリアーナだったということだ。そのことにどれだけの重みがあるのか、気づくことができるのは手を差し出された貴久だけだが……。

ともあれ――、

「……朝食、しっかり食べるよ。話を聞くのはそれからでいいから」

貴久は話を聞くことよりも、朝食を取ることを優先させた。

「はい。では、おかけください」

既に料理の配膳は完了している。

そうして、二人は一緒に食事を取り始めた。

最初の料理を口にした瞬間――、

「…………料理って、こんなに温かったんだ」

貴久が強く瞠目してから、ぽつりと呟く。

この世界に迷いこんで以来、貴久は出された料理にすぐ手をつけることはせず、冷め切ったところでわずかに口にすることばかりだった。

だから、久々に出来たての料理を食べた気がした。久々に、料理の味を感じた。こうして誰かと一緒に食事を取るのも、久々な気がしたはずで……。

（……ああ、俺は、俺は……）

貴久は食器を動かす手を止めることができなかった。自分が思っていた以上に、自分の身体が飢餓感を覚えていたことを知る。

気がつけば、瞳からぽろりと涙が溢れ出てきて――、

「あれ、おかしいな……」

貴久は涙を拭う。

「タカヒサ様……」

「目に、埃が入ったみたいです」

「……はい」

リリアーナは何も指摘せず、静かに頷いた。

それから――、

「あの……、えっと、王女、様は……」

涙を拭い終えた貴久が、リリアーナの顔を見て何か話しかけようとする。だが、かと思えば妙に歯切れが悪く、気まずそうに視線を泳がせ始めた。その理由は――、

（……まずい。王女様の名前、何だったっけ？）

今こうして目の前に座って一緒に朝食を食べている女の子の名前を知らなかったと、今さらながらに気づいてしまったからである。

いや、正確には知らなかったのではない。リリアーナが貴久の世話役になると決まった時に、自己紹介はされていた。だが、その時の貴久は名前を覚えようとしなかった。心に

余裕がなくて、脳がどうでもいい情報だと思ってしまった。

だが、今は別だ。目の前にいる少女のことをちゃんと見ていて、どういう人物なのかもっと知りたいと思っている。だから、どうやって名前を改めて聞くのがよいのか、貴久が頭を悩ませていると――、

「タカヒサ様。私、リリアーナと申します。どうか名前でお呼びください」

「えっ⁉ あ……、うん」

貴久はドキッと身体を震わせて頷く。

（……ああ、俺、そんなにわかりやすかったかな？）

やってしまったなと、内心で恥ずかしく思う貴久。とはいえ、言ってくれてとても助かったし、悪いのは自分なので――、

「ごめん。俺、リリアーナ王女の名前を聞いていたはずなのに忘れていた」

貴久は正直に謝罪する。

「そう、だったのですか？　ですが、気になさらないでください。タカヒサ様が置かれていた状況を考えればやはり当然ですから」

忘れていたことなど言わなければ有耶無耶になった。なのにわざわざ謝罪までしてきた貴久に面食らったのか、目を見開くリリアーナ。だが、そういう誠実さに好感を抱いたの

か、可愛らしく微笑んでかぶりを振った。名前を覚えられていなかったことなど少しも気にした様子はない。

「いや、ちゃんと自己紹介をしてくれた相手の、女の子の名前を忘れるなんて、人としても男としても最低だ」

「本当に気にしておりませんから、落ち込まないでくださいね？」

　深く反省する貴久に、リリアーナはやんわりと呼びかけた。

「……決めた。俺、今後は女の子の名前を忘れないようにするよ。絶対に」

　貴久がいたって真面目な面持ちで、決然とそんなことを言う。なんともズレている気はするが、貴久なりに反省した上での決意なのだろう。すると――、

「ふ、ふふっ」

　リリアーナは堪えきれないように、おかしそうに笑いだす。

「な、なんで笑うのさ？」

「タカヒサ様が妙なことを仰るものですから。可哀想ですから、殿方のお名前も覚えてあげてください」

「い、いや、女性を泣かせる男は最低だって、父さんがさ」

　貴久はきまりが悪そうに頭をかく。

具体的に何がきっかけだったのかはわからないけれど、二人の会話はそこから一気に弾んだ。貴久自身はわからなかったかもしれないが、地球で暮らしていた頃のように笑うこともあった。

そうして、もしかしたら美春達も勇者としてこの世界に召喚されている可能性があることを、貴久は食後に教えられる。そして希望が灯り……。

この日を境に、貴久は前向きになった。色々と尽くしてくれるリリアーナには特に気を許し、良好な関係を築く。それでやがて沙月がガルアーク王国に召喚されていることも知り、希望は期待へと変わった。

もしかしたら美春とも会えるのではないか？　もし次に会った時は、美春に想いを伝えるんだって……。

そう決めて、貴久はガルアーク王国城の夜会に出席した。

なのに……。

どうしてこうなったのだろう？

本当に、どうして、どうして……。

どうして、こうなったのだ？

夜会に出席した貴久は、全てを失った。

美春には想いを伝えても受け容れてもらえず、ヤケクソになって無理やり美春をセントステラ王国へ連れて帰ろうとした。

美春と結ばれる可能性はゼロどころか、マイナスになった。沙月にも、雅人にも失望されてしまったことだろう。

それで、貴久は強制帰国させられ、セントステラ王国城に帰ってからはずっと部屋に籠もり続けた。気まずくて、リリアーナとも話すのを避けるようになった。面と向かって話をできるのは、同じ痛みを共有する亜紀だけになってしまった。

そんなある日のことだ。

それは、リオが超越者になった日のことだった。きっかけがなんだったのか、貴久本人にはわからなかったけれど……。

——ああ、自分は……。

——自分は、なんて愚かなことをしてしまったのだろう？

——謝らないと。みんなに、謝らないと……。

そんな思いが急速に芽生えて、貴久は悪夢から覚めたみたいにハッと我に返った。胸に蓋をして押し込めていた罪悪感が、激流のように溢れ出してきた。それで、貴久はいてもたってもいられず、閉じこもっていた部屋から嘘みたいに飛び出す。すると、城内ではちょうどある事件が起きていた。リリアーナと雅人がお城から忽然と姿を消してしまったのだという。

貴久も亜紀もその事実を知ると激しく焦り、心から二人を心配した。

そして、原因は数日中に判明する。雅人が新たな勇者として強制召喚されて、リリアーナも転移に巻き込まれたのだという。

二人はガルアーク王国に保護されたと聞いた。それで、貴久は自分もガルアーク王国へ行きたいと国王に直談判した。雅人とリリアーナを心配していることと、美春達にも過去の行いをちゃんと謝りたいことを説明して、必死に頭を下げた。

それで、貴久は再びガルアーク王国城へ足を運ぶことを許される。雅人とリリアーナ、そして美春達とも無事に再会できて……。貴久は開口一番に過去の行いを謝罪して、しばらくお城に滞在することを美春や沙月に許してもらった。

けど……。

――やっぱり俺は、許されないのだろうか？　もう二度と、地球にいた頃みたいな関係には戻れないのではないか？

そんな不安が脳裏をよぎるのを、止めることができなかった。その不安は時間が経つほどに大きくなっていく。いや、不安を飛び越えて、恐怖になろうとしている。

——もし……。

——今度こそ、美春に嫌われてしまったら？

嫌だ。嫌われたくない。

今度は、嫌われるわけにはいかない。

嫌われるのが、怖くて、怖くて、怖くて……。

「っ……!?」

貴久は自室のベッドで、跳ね上がるように目覚めた。顔は真っ青で、寝汗をびっしょりとかいている。

嫌な動悸が止まらない。貴久は呼吸を荒くしたまま、不安そうに室内を見回した。時刻はまだ深夜なのか、部屋の中は真っ暗である。

やがて、今が現実であることを悟ると——、

「…………夢か」

貴久は悪い夢から覚めたように、ほっと胸をなで下ろした。

けど、現実だって悪夢と変わらないのだ。いや、現実だからこそ直面しなければならない問題がある。

もし、現実でまたしくじってしまったらと想像すると——、

「…………嫌だ、嫌だ。今度は失敗したくない。セントステラ王国に、帰りたくない」

怖くて怖くて仕方がなくて、貴久はくしゃくしゃになるほど顔を歪めた。

【間章】　美春の夢

気がつくと……。

綾瀬美春はたった一人で、真っ白な空間にいた。

美春はこの感覚を知っている。美春はこの景色を知っている。つい最近、似たような体験をしたばかりだからだ。

明晰夢というのだろうか？

美春は自分が夢を見ているのがわかった。理由はわからないけれど、これが現実ではないのだと直感していた。だが、こうも思っていた。

「ここは……、本当に私の夢？」

なのか、と。すると――、

「こんにちは。いえ、こんばんはかしら？」

誰か、女性が美春に語りかけてきた。

相手の姿は見えない。

　けど、その声は妙に聞き覚えがあって……。

「………また、貴方ですか？」

　美春は声をかけてきた女性が、前回の夢に出てきた声の主と同一人物であることを確信していた。

「ええ、また私よ。ちゃんと覚えているみたいね」

　女性はすんなり肯定する。ただ――、

「貴方は、いったい……？」

「ここが貴方の夢の中なら、貴方の深層心理かもしれないわね」

「私の……？」

「確かなのは、現実の貴方は睡眠状態にあるということかしら？　うん、前回よりも定着が進んでいるみたい。良い兆候だわ」

「……定着？」

「こっちの話よ」

　声の主は美春が抱いた疑問のすべてに、直接的な回答を与えるつもりはないらしい。上手く煙に巻くような答えも返ってきた。すると――、

「前回の話は覚えているかしら？」

女性から美春に質問が投げかけられる。

「私が、いずれ大事な決断を求められるって話ですか？」

「お利口さんね。そう、貴方は大事な、とても大事な決断を迫られる。そしてこうも言ったはずよ？　私はね。絶対に間違っていると思う選択をすることを強く推奨するわ、と」

「……あの、どういう決断を迫られるんですか？」

それがわからなければ、どういう決断をすればいいのかもわからないではないかと、美春は声の主に尋ねた。だが――、

「それを教えられないから、こんな回りくどい真似をしているんじゃない。お馬鹿ねえ」

女性の溜息が返ってくる。

「でも、そんなことを言われても……」

「……じゃあ、察しの悪い貴方にいくつかヒントをあげる。一つ、選択の時は近くまで迫っているかもしれない。二つ、貴方の決断で、未来は分岐する。三つ……、やっぱり駄目ね。今、貴方に与えられる情報はこれだけ」

何かあったのだろうか？

三つ目を言おうとした時、女性の声が揺らいだ気がした。

「え、ええ？　それだとほとんど何もわからないような……」

「駄目なものは駄目なのよ。そういうものだと納得しなさい」

「そんな……」

理不尽な、と、美春が言おうとすると――、

「理不尽なのよ、この世界はね」

声の主が先回りするように言葉を被せる。溜息交じりで、なんとも辟易としているような声色だった。

「…………」

美春は続く言葉を失い、きょとんとしている。

「……仕方がないわね。もうあまり時間が残っていないのだけど。最後に一つだけ、貴方に伝えておきたいことがあるの」

「……なんでしょう？」

なんというか、女性の声は少し苛立っているようにも聞こえた。女性が不機嫌になる理由がわからなくて、美春は恐る恐る尋ねる。すると……。

「私、貴方のことが嫌いかもしれない」

「え……？」

聞き間違いと疑いたくなるような言葉が聞こえて、美春の意識は途切れた。

【第六章】　焦り

セリアがクレール伯爵領に到着した日のことだ。

リーゼロッテは魔道船に乗って、ガルアーク王国城を訪れていた。セリアが実家へ向かったことを、国王フランソワとクリスティーナに報告するためである。到着後はフランソワの執務室で早急に謁見し、報告を行う。結果——、

「ふうむ……」「なる、ほど……」

フランソワもクリスティーナも困惑する。室内にはセリアと同居している第二王女シャルロットの姿もあるが、彼女だけは「あらあら、まあまあ」と面白い話でも聞いたように頬を緩めていた。

ちなみに、報告の内容をとても簡潔に要約すると、こうだ。セリアはアルボー公爵に捕縛されそうになり、砦で戦闘を繰り広げる。その上で、使者としての役目はきちんと果たし、アマンドまで一度戻ってきた。ところが、アルボー公爵が実家に手出しをすることを危惧し、今度はクレール伯爵領へと空を飛んで出発した。

「……無事に使者の役目を果たせたのは僥倖だが、想定外の出来事が続いているな。疑うわけではないが、魔術や魔法で空を飛んだという話は……」

フランソワの言葉には「セリアが空を飛べるのか知っていたか？」という問いかけが暗に含まれていた。そして、その問いかけはセリアと深い付き合いのあるクリスティーナとシャルロットに向けられている。

「初耳です」「私も存じませんでした。そんなに面白いことができるのなら、もっと早くに教えていただきたかったです」

などと、かぶりを振るクリスティーナとシャルロット。

「事実です。この目でセリアさんが光の翼を生やし、アリアを連れて空を飛んでいく姿を確認しました。ああやって移動できるのなら、行き先で何か起きない限り、安全に行って帰ってくるのも特段難しいことでないように思います。護衛にアリアもつけましたし、数日中にはこちらに帰還できるだろうとのことでした」

心配する必要はさほどないようにも思えると、リーゼロッテは自分の主観に基づいた推測を付け加えた。

「であるか……」

フランソワは椅子に座るクリスティーナを再び一瞥する。セリアの動向については完全にクリスティーナの管轄だ。自分がどうこう言うことではないので、これ以上の発言をするつもりはないのだろう。

「……ご報告、ありがとうございます、レディ・リーゼロッテ。そういう話であれば、何日か様子を見て待つほかにありませんね」

クリスティーナとしても現状で特に何かができるわけでもない。こうして、多少の不安は残りながらも、とりあえずはセリアの帰還を待つことが決まったのだった。

一方で、ガルアーク王国城の敷地内。沙月達が暮らす屋敷で。シャルロットを除く者達は、セリアが何をしているのかを知らないまま、日常を過ごしていた。

日中、沙月と雅人がゴウキ達と共にお城の訓練場へ向かう。

そんな中、美春はラティーファ、サラ、オーフィア、アルマ、サヨ、コモモ、亜紀達と共に屋敷に残っていた。

屋敷では自分達で用意できるものはできるだけ自分達で用意しようと、食品を加工したり、衣類も自分達でデザインして作ったりしている。それで良さそうな物があればリッカ商会が商品化する権利を買い取ったりもしているわけだが……。今、屋敷の裏庭では新たにちょっとした菜園を作り始めていた。

「おい、サヨ。こっち終わったぞ」

「じゃあ次はこっちを手伝って」

ゴウキと一緒にシュトラール地方までやってきたサヨやシンは、もともと農村で生まれ育った兄妹である。二人が主導し、ゴウキに仕える他の従者達と一緒に野菜作りに適した土作りをしているところだった。

また、先立って土作りが終わったスペースでは――、

「植え方、これでいいのかな?」

「はい、大丈夫ですよ」

「これでこっちの地方でもトマトが食べられるようになるね。トマトソースのパスタ、オムライス、楽しみ!」

「あはは、これから育つんだから。気が早いよ、スズネちゃん」

亜紀、コモモ、ラティーファの三人が、トマトの種を植えていた。コモモの従者であるアオイもそこに加わっている。

トマトはもともとシュトラール地方には存在しないが、あれば味付けやレシピの幅が広

がる便利な食材だ。存在を知っている者からすれば、入手手段が存在しないのはなかなか不便を強いられる。

時空の蔵にはまだストックがあるし、精霊の里に戻れば補充することもできるが、「だったらシュトラール地方でも育ててしまえばいいのでは？」という話が持ち上がり、屋敷で栽培することになったのだ。種はゴウキ達が持ってきたと説明することになっている。あとは稲を育てようという話も持ち上がっていたりするが、それはさておき……。

離れた場所にはサラ、オーフィア、アルマもいて、別の野菜の種を植えていた。年少組の少女達が仲良く話をする声が聞こえてきたのか、微笑ましそうに様子を眺めている。また、サラ達の傍には美春もいるのだが――、

（本当に何だったんだろう、あの夢……）

美春は作業の手を止めて、昨晩、再び見た夢のことを思い出していた。

――私、貴方のことが嫌いかもしれない。

という言葉が印象的すぎて、頭からこびりついて離れない。

自分はいったい誰と話をしていたんだろうか？　自分の夢ということは、自分の潜在意識な気もするけれど、それにしては別の誰かと話していたような気がした。なぜ嫌われるのかもまったくわからない。それに――、

（……選択の時は近くまで迫っているって、言っていたよね？）

いったい何を「選択」するのかすら不明だが、夢の中で女性が言っていた「選択」という言葉がやはり妙に気になっていた。まあ、夢の中の出来事なのだから、取り立てて真剣に考えるようなことではないのかもしれないが……。

（うーん、予知夢なのかな？　いや、そんなことは……）

流石にないかと、美春は苦笑した。すると――、

「ミハル？」

サラが不思議そうに美春の顔を覗き込んでくる。

「あ、うん。何？」

「いえ、何か考え事をしているように見えたので。悩み事ですか？」

「ううん、大丈夫。ちょっと変な夢を見たことを思い出して……」

などと、美春とサラが話をしていると――、

「……亜紀！」

若い男性の声が、裏庭に響いた。美春達の意識が声の発生源に向かう。果たして、そこにいたのは――、

「……お兄ちゃん」

亜紀の兄である、貴久だった。他の勇者三人は訓練場でゴウキに稽古をつけてもらっているが、貴久は不参加を決め込んでいる。リリアーナが雅人の付き添いで訓練場へ向かってしまったので、一人で屋敷へ来たのだろう。

「えっと……」

亜紀はちょうど作業をしているところだったので、貴久にどう対応しようかと悩む表情を覗かせる。

「行ってきていいよ、亜紀ちゃん」

「はい。ここはスズネちゃんと私で」

ラティーファとコモモは気を遣って、亜紀の背中を押す。

「……うん。ありがとう、二人とも」

亜紀はお礼を言って、貴久のもとへ小走りで駆け出した。そうやって、亜紀が来るまでの間――、

「…………」

貴久は明らかに美春を意識していて、チラチラと視線を向けていた。美春と一緒にいるサラ、オーフィア、アルマにはそれがよくわかった。

「みんな、作業を続けよっか」

美春は貴久から気まずそうに視線を外し、サラ達に作業再開を促す。

「……ええ」

サラ達は貴久の視線を遮るように、さりげなく美春を囲んで作業を再開した。

美春から視線を逸らされて……。

「あっ……」

心臓がドキッと跳ね上がったみたいに、貴久の身体が震えた。

（……やっぱり避けられているのかな？）

貴久の脳裏にネガティブな考えがよぎる。

——嫌だ、嫌だ。

——もう元には戻れないなんて、思いたくない。

と、貴久の中で焦りが募っていく。と——、

「お兄ちゃん、どうしたの？」

亜紀が近づいてきて、声をかけてきた。

「あ、いや……、亜紀に会いに来たんだけど、来ちゃ駄目だったかな？」

美春に避けられている気がしているからか、貴久はなんとも卑屈な表情でそんなことを訊く。

「え？　ううん、別にそんなことはないけど……。お兄ちゃんが会いに来てくれて、嬉しいよ」

亜紀は軽く面食らうが、かぶりを振って、自分の気持ちを素直に伝えた。

「そっか……」

貴久は少しだけ、救われたような顔になると――、

「美春は、何をしているの？」

と、ピンポイントに美春について尋ねる。

「え？　えっと……、今みんなで庭に家庭菜園を作っているんだけど、美春お姉ちゃん達も種を植えているよ」

もう貴久と美春に結ばれてほしいとは思っていないのか、あるいは美春が貴久を好きになることはもうありえないと悟っているからか、亜紀は少し気まずそうに答えた。

「そっか……。なら、俺も手伝おうか？　男手は多い方が良いだろうし」

という貴久の申し出は、美春と自然に話ができる口実が欲しいからという動機に裏付け

られている。そのことは透けて見えるほどに明らかだった。

「人手は足りていると思うけど……」

亜紀は今でも貴久のことを兄として好いているはずだ。ただ、貴久を美春に近づけることはもうあまりよろしく思っていないのか、やんわりと断る口実を口にした。

「遠慮しなくていいから」

貴久は何も知らず、簡単には引き下がらない。

「でも、せっかく良い服を着ているのに汚れちゃうし」

「大丈夫だよ、服くらい。汚れても着られるし、替えだってあるし」

確かに、服は汚れても着ることはできる。機能性が損なわれるわけではない。ただ、勇者である人物が汚れた服を着ていることで、周囲からどう思われるかは別だ。セントステラ王国の沽券にも関わる問題である。

それに、極めて当然のことだが、服は無料では手に入らない。勇者である貴久が着用している普段着は、基本的にどれもオーダーメイドだ。製作費はセントステラ王国の国庫から賄われている。

「だったら、汚れても良い服に着替えてきた方がいいと思うよ」

「いいって」

貴久は着替えのためにお城の自室まで戻る手間と時間を惜しんでいるようだ。

「……お兄ちゃんは勇者だから、こういう畑仕事を手伝わせてもいいのかな？」

「その俺がいいって言っているんだから大丈夫だよ。それに、勇者にだってなりたくてなったわけじゃないんだ」

勇者という立場の窮屈さを疎ましく思っているのか、貴久の表情に濃い翳りが滲む。

「お兄ちゃん……」

なんて言葉をかければいいのかわからないのか、亜紀は迷うような表情を見せた。それで亜紀が渋っているように見えたのか――、

「なあ、いいだろ、亜紀？」

貴久が切実そうな顔でねだる。

「……じゃあ、私と一緒に種を埋めるの、手伝ってくれる？」

「もちろん」

「じゃあ、付いてきて」

亜紀は菜園にいる美春の様子を窺いつつ、貴久の手を引いて歩きだした。まずはラティーファとコモモがいる場所に戻ると――、

「スズネちゃん、コモモちゃん。お兄ちゃんが手伝ってくれるみたいだから、隣の列に種

を埋めていくね」

「うん!」「お願いします」

一緒に作業をしていたラティーファとコモモに断って、貴久と二人で種を植えることにした。

「お兄ちゃん、こっち」

亜紀は種の入った小袋を取ると、ラティーファ達の隣の列に行ってしゃがむ。美春達は反対側から種を植えて亜紀達の側に迫ってくるので、作業の終盤にならない限りは貴久が美春と話をする機会はないだろう。

ただ、貴久が自分から美春に近づこうとすれば別だ。貴久は亜紀の隣で立ち尽くしたま、美春達がいる方を見つめていた。

美春と話をしたい。亜紀が指定した場所では美春と話をすることはできない。そう思ったのか――、

「……俺は美春達のいる隣の列からやっていこうか? そっちの方が効率良いだろうし」

と、そんなことを言いだす。しかし、貴久が美春達の側に加わることで、どうして効率が良くなるのか?

「ええっと……、美春お姉ちゃん達の側は四人いるし、こっちはお兄ちゃんが加わって五

人になるけど、どっちに行っても効率は別に変わらない……と、思うよ？」

貴久が口にした提案の根拠はまったく不明だった。美春達の方が見るからに作業速度が遅いというのなら一応は理解できるが、別にそんなことはない。亜紀はなんとも伝えづらそうに、反対意見を口にする。

「いや、まあ、そうかもなんだけど……」

貴久は未練がましそうな視線を美春に向けている。

「……お兄ちゃん、ちょっといい？」

亜紀は何か悩むような顔をしてから、立ち上がって貴久の手を引っ張った。すぐ隣にいるラティーファ達に話を聞かれるのを避けたいのか、そのまま菜園から離れていく。

そして――、

「お兄ちゃん、やっぱり美春お姉ちゃんのこと、まだ好きなんだよね？」

と、亜紀は思いきって貴久に尋ねた。

「……あ、いや、その……、好き、というか……」

貴久は激しく目を泳がせ、なんとも歯切れの悪い回答を口にする。

「……屋敷に暮らしている人達には見抜かれていると思うよ。あと、たぶん美春お姉ちゃんにも……」

「えっ⁉」

「見ていればわかるよ。いつも美春お姉ちゃんのことばっか見ているし、今だってあんな露骨に美春お姉ちゃんに近づく口実を探そうとしていたし」

周囲にどう見られているのか、美春にも気づかれている自覚はなかったのかと、亜紀は頭を抱え込むように額に手を触れる。

「…………別に、好きだから美春に話しかけたいって思っているわけじゃないんだ。ただ俺は、美春にちゃんと許されたくて、せめて前みたいな関係に戻って、あんな出来事なんかなかったみたいに、気兼ねなく話をできるようになりたいって……」

相手が亜紀だからだろう。貴久がぽつりぽつりと本音を吐露した。貴久が弱音を吐き出せる数少ない相手が亜紀なのだ。夜会の時だって、そうだった。

「…………お兄ちゃんがそう思う気持ちは、理解はできるけど……」

亜紀としても兄の味方にはなってあげたい。けど、亜紀はもうわかってしまっている。貴久の恋が報われる可能性はないのだと。

「もともと許してもらえなくてもいいから、ちゃんと謝りに行こうって話だったよね？」

「そう、だけどさ……」

渋るように頷く貴久。

　実際、ガルアーク王国へ来るまでは本当に謝りたい一心だったはずだ。許されるとは思っていなかったけど、それでも謝りたかった。だから、ガルアーク王国城に来て美春達と最初に顔を合わせた時はすぐに頭を下げることもできた。

　けど、人間とはなかなか現状では満足できない生き物だ。何か目的があって一歩前進できたとして、その先もあるのだと思ってしまえば先を目指そうとしてしまう。より良い結果を掴(つか)み取ろうと、手を伸(の)ばしてしまう。そういった欲を無くすのは難しい。そうであるからこそ、人間であるともいえる。

　だから、謝るだけでは物足りなくて、美春にちゃんと許されたいという欲が貴久の中で芽生えたのだろう。ガルアーク王国に長く滞在すればするほど、その欲は強くなった。気がつかぬうちに願望へと変わってしまった。その願いに抗(あらが)うことはできなくて……。

「……焦っているの、お兄ちゃん？」

「焦ってなんか……！　いや、焦りもするさ。いつまでガルアーク王国にいられるかだってわからないし、この機会を逃(のが)したら次はいつ美春と会えるか……」

「……でも、前みたいな関係に戻って、気兼ねなく話をするっていうのは難しいかもしれないよ？　私達はそれだけのことをしちゃったから……、あの事件をなかったことになんてできないもん」

と、亜紀はなんとも心苦しそうに語る。過去の出来事をなかったことにはできない。それが決定的だったのか——、

「いや、でもっ……！」

それでも、なかったことにしたいのか、貴久は悲痛そうに顔を歪めて声を荒らげた。すると、菜園にいた他の者達も流石に異変を感じ取ったらしい。

「……どうしたのかな？」

皆が作業する手を止め、亜紀と貴久の様子を探るような視線を向け始める。美春も亜紀を心配しているのか、不安そうに視線を向けていた。

「亜紀まで……、亜紀までそんなことを言わないでくれよ……！　俺は、俺はただ……、別に、美春に告白したいとかじゃないんだ。ただ、美春と……」

「ごめんなさい。でも、お兄ちゃん、日増しに焦っているのがわかる。焦る気持ちも分かるけど、一度初心に返ってみた方がいいんじゃないかな？　許してもらおうなんて思うんじゃなくて……」

という亜紀の発言は、兄を思ってこその言葉だった。だが、今の貴久にはその言葉を受け止めるだけの余裕がなくなっているようだ。だからか——、

「亜紀は……、いいよな。もう美春に許してもらっているんだから」

と、最低な言葉を口にしてしまう。

「…………ごめんなさい」

亜紀はとても後ろめたそうに、心が傷ついた顔で謝罪の言葉を口にした。その表情が決定的だった。異変があったと、美春から明確に判断されたのだろう。

「亜紀ちゃん？」

美春が珍しく声を張り上げた。菜園にいた他の誰よりも真っ先に足を動かし、亜紀へ駆け寄っていく。

「あっ……」

亜紀も、貴久も、びくりと身体を震わせる。まるで見られたくないところを見られてしまったみたいな反応だった。

「何かあったの、亜紀ちゃん？」

と、美春は亜紀のすぐ傍まで来て顔を覗き込む。

「あ、えっと……」

貴久を庇っているのか、言いよどむ亜紀。

「……貴久君？」

美春は胡乱げに貴久を見つめた。

「い、いや、俺は……」

あれほど美春に話しかける口実を探そうとしていたのに、貴久は美春から非難の感情を向けられると、逃げるように視線を逸らしてしまう。

「亜紀ちゃんに何を言ったの？　亜紀ちゃんを悲しませるようなことはもう絶対にしないでって、このお城に来た時に約束したよね？」

美春は追及の手を緩めない。

「べ、別に、俺は、何も……」

止めてくれ、そんな目で俺を見ないでくれ、もう何も悪いことなんてしないんだから、俺のことを信用してくれ——と、貴久は悲痛に顔を歪めた。すると——、

「……も、もう、どうしたの、美春お姉ちゃん？」

亜紀が明るい調子の声を出して、美春を執りなした。

「……亜紀ちゃん？」

亜紀が貴久を庇おうとしていることはなんとなくわかったのか、美春は困ったように顔を曇らせる。そうやって、三人で顔を突き合わせていると——、

「ただいま！」

今日の訓練が終わったのか、沙月や雅人が帰ってきた。指導をしていたゴウキやカヨコ

もいる。

「あっ、沙月さんと雅人達(たち)、帰ってきたね。おーい！」

亜紀はいっそう明るい調子の声を出して、沙月達に向かって手を振った。

「あら……」

沙月達の視線も美春達に向く。ただ、亜紀もいるとはいえ、美春と貴久が一緒にいるのが珍しいと思ったのだろうか？

「……ねえ、スズネちゃん、コモモちゃん。美春ちゃん達、ちょっと様子がおかしくない？　どうしたの？」

流石と言うべきか、沙月は少し様子がおかしいことをすぐに感じ取ったようだ。目を細めて美春達を遠目に凝視(ぎょうし)すると、情報を集めようとラティーファとコモモに近づいていって聞(き)き込(こ)みを開始した。

「あ、えっと、タカヒサさんがさっき屋敷に来たんだけど……」

「うんうん。なるほど」

ラティーファとコモモは顔を見合わせ、自分達が見ていた事実を伝える。二人とも全てのやりとりを見聞きしていたわけではないので、断片的(だんぺんてき)な情報ではあったが——、

「……そっか。教えてくれてありがとね」

なんとなく事情を察したらしい。沙月は二人にお礼を言うと、小さく溜息をついてから美春達に視線を向けた。そして――、

「おーい、貴久君」

と、貴久の名を呼んだ。

「え……？　あ、はい！」

貴久は自分が名指しで呼ばれるとは思っていなかったのか、目を丸くして返事をした。

「今日は一人で屋敷に来たんだ」

「……はい。いけなかったでしょうか？」

「ううん……。けど、リリアーナ王女、貴久君のためにって、お城まで呼びに行っちゃったから、無駄足になっちゃったわね」

沙月は今頃リリアーナが足を運んでいるお城を、遠い目で見た。

「そうなんですか。まあ、たまには自分一人でもって思って……」

というより、こうして一人で屋敷を訪れているのは、裏を返せばそれだけ焦れているからだとも言える。貴久はなんともバツが悪そうに、明後日の方向に視線を外した。

「そっか……。まあ、せっかく来たんだし、今夜はうちでご飯でも食べていったら？」

「……え？　いいんですか？」

貴久の瞳に驚きと嬉しさが入り混じった色が浮かんだ。

連日、沙月達の屋敷へ足を運ぶ貴久だが、夜にはお城の自室に帰って一人で食事を摂るのが基本的なルーティーンになっている。夕食に誘ってもらうのは何かしらの催しがある時だけだったので、こうして普段の夕食にも誘われたのは信用してもらえたみたいで嬉しかったのかもしれない。とはいえ――、

「うん。他にも何人か誘っているし、ちょっと話したいこともあるしね」

「……話したいこと？」

話があるといわれて、貴久は少し身構える。

「そ。リリアーナ王女には私から言っておくから。予定空けておいてね。あっ、美春ちゃん、ちょっといい？」

「……はい」

沙月は何について話をするのかまでは貴久には教えず、美春を連れてそのまま立ち去ってしまった。貴久と亜紀だけがその場に残される。

先ほどの口論があるからなのか、はたまた美春の心証が悪化してしまった恐れが強いからなのか、気まずい空気が漂っていた。

「…………亜紀、その、ごめん」

いったい何を悪いと思っているのかはともかく、貴久が謝罪の言葉を口にする。

「……ううん。私こそ、ごめんなさい」

亜紀も謝り返す。なんとも健気というか、痛ましい笑みをたたえていた。兄を気遣っているのだろう。精一杯、明るい声を取り繕おうとしているのがわかった。

「……俺、本当に悪いと思っているんだ。あんなことだけは、もう絶対にしないって、自分に誓った。だから、信じてほしくて……」

「わかってる。わかっているよ、お兄ちゃんの気持ち、痛いほど。だから、お兄ちゃんには焦って自分を見失わないでほしい。私がいるから……」

お願い——と、亜紀は切実な顔で貴久に訴えかける。

「…………」

貴久は否定も肯定もしない。抑圧されて押しつぶされそうなほどに顔を歪めて、押し黙っていた。

そして、その日のディナータイムがやってきた。

夕食にはクリスティーナやフローラ、そしてセリアの一件でお城へ報告に来ていたリーゼロッテも招かれていて――、

「リーゼロッテお姉ちゃん！」

ラティーファは屋敷のエントランスでリーゼロッテの姿を見かけるや否や、感極まって駆け寄った。会いたい時に会える相手ではないというのもあるが、それだけリーゼロッテのことを姉のように慕っているからだろう。

「こんばんは、スズネちゃん」

リーゼロッテも実の妹がいたらそう接するみたいに、ラティーファの頭を優しく撫でる。それでラティーファもリーゼロッテに抱きついた。

「お城に来ていたんだね。いらっしゃい」

「うん、ちょっと用があってね。シャルロット様がご招待くださったから、お言葉に甘えて屋敷にもお邪魔させてもらっちゃった。よろしくね」

「うん！　リーゼロッテお姉ちゃんならいつだって大歓迎だよ。なんなら一緒に暮らしたい！　って、あれ？　今日はアリアさんはいないの？」

普段ならアリアも付き添いで同行しているのだが、今日は姿が見当たらないので、ラティーファは不思議に思ったらしい。

「……うん。ちょっと、用事があってね。数日中には王都に来るはずだから」

セリアのことは帰ってくるまで内緒にするようシャルロットに言われているので、リーゼロッテの表情がわずかに曇る。ただ――、

「そっか。でも、ということはリーゼロッテお姉ちゃんも何日か王都にいるの？」

「うん、いるよ」

「やった！　なら、また屋敷にお泊まりしてよ。たくさんお話ししよ」

「喜んで」

無邪気に喜ぶラティーファを見て、リーゼロッテはいらぬ心配をかけないようにと明るく振る舞った。

「こっちこっち。一緒の席に座ろう！」

ラティーファはリーゼロッテの手を引っ張って、ダイニングへと向かう。

それから、程なくしてクリスティーナとフローラも屋敷にやってきた。屋敷に暮らすゴウキの従者達にダイニングまで案内されると――、

「今宵もお招きありがとうございます、サツキ様、シャルロット様」

「いえ、ゆっくりしていってくださいね」

まずは家主である沙月と、王女のシャルロットに挨拶をする。続けて――、

「タカヒサ様、マサト様も、ご機嫌麗しゅう存じます。リリアーナ王女もご機嫌よう」

クリスティーナは屋敷にいる他の勇者二人にも挨拶をした。そして、二人に付きそうリリアーナにも声をかける。フローラも姉に遅れて頭を下げた。

「は、はい。こんばんは」

雅人はややぎこちなく、背筋を伸ばして畏まった返事をする。クリスティーナとフローラとはまだあまり面識がないからか、あるいはベルトラムが誇る美姫二人に緊張しているのかもしれない。

「ご機嫌よう、クリスティーナ様、フローラ様」

リリアーナは雅人の隣でくすっと笑って挨拶をした。

そして、最後に――、

「……こんばんは。今日は、弘明さんはいらっしゃらないんですか？」

貴久は何か警戒しているみたいに視線をさまよわせながら、姿が見えない弘明の所在についてクリスティーナに尋ねた。

「はい。サイキ卿やムラクモ卿と約束がある、とのことで」

「そうでしたか」

ここ最近、貴久と弘明は何かと意見が対立しがちだ。貴久自身も弘明とはあまり馬が合わないと思っているのだろう。弘明が不参加と聞いてほっと息をついた。ただ、傍から見ていても、貴久が安堵しているのは見え見えで――、

（……わかりやすすぎるのよねえ）

沙月はやれやれと溜息をつきたくなる衝動に駆られる。こういった社交の席で、特定の誰かが不参加であることを知って喜んでしまうのは社会人として……というか、そもそも人としても頂けないのではないか？

そう思ったからだろう。ましてや相手はクリスティーナ達が勇者として擁する人物なのだから、なおさら失礼になりかねない。

「…………」

申し訳ございません――と言うかのように、リリアーナが無言のままぺこりとお辞儀をする。クリスティーナも無言のまま「何のことでしょうか？」とでも言わんばかりに小首を傾げた。すると――、

「ふふ。ヒロアキ様が欠席なのは残念ですが、今宵はこの顔ぶれで楽しみましょう。さあさあ、どうぞこちらへ」

シャルロットが一同に席への移動を促す。これから何か面白いことが起きることを期待しているのか、その声がウキウキと弾んでいるように聞こえたのは、気のせいではないの

かもしれない。

ともあれ、夕食会が始まった。沙月やシャルロットの采配か、美春と貴久の席が離されることになる。結果、沙月、雅人、リリアーナ、クリスティーナ、シャルロットと、貴久は勇者と王族だけが座るテーブルに着くことになった。ちなみに、フローラは美春達と同じ席に着いている。

（また美春と別の席か……）

着席後、貴久が美春の座るテーブルを気にし、溜息を漏らす。兄のそんな姿を見て、雅人がムッとする。と――、

「貴久君」

「え？」

「溜息なんかついちゃって、どうかした？」

十中八九、理由を見抜いている上で、沙月がしれっと貴久に問いかけた。

「あ、いや、別に……、そんなことないですよ」

「そ。なら楽しみましょ」

「……はい」

それで貴久も気持ちを切り替えたらしく、目の前のテーブルを見て頷いた。雅人も気が収まったのか、和やかな雰囲気で食事が始まる。

「くぅー、今日の料理も美味いなあ」

雅人は誰よりも先に料理を口に含むと、ご満悦な顔で感想を告げた。

「ですね」

リリアーナが微笑ましそうに雅人を見ながら、深々と同意する。

「本当に、こちらの屋敷で頂く料理は美味です。ヒロアキ様も先日こちらの屋敷で頂いた食事をいたく気に入っていらしたようでした。サイキ卿にムラクモ卿も」

と、クリスティーナも賛同して話に加わる。

「やっぱり美春姉ちゃんがいるし、日本人好みの味ってのはあるかもなあ。あ、そういや白米と味噌汁があるって知って、弘明兄ちゃん達すごく食べたがっていたよ」

雅人がふと思い出したように、沙月に言う。

人懐っこい雅人だ。弘明達とはゴウキとの訓練でも顔を合わせるし、もうすっかり親しくなっている。今日の訓練で白米と味噌汁の存在を知って、雅人から沙月に口添えするように頼まれたのだろう。

「こないだの懇親会では出さなかったもんね。なんなら材料を譲ってもいいけど」

「いや、満足できる味で作れる自信がないから、食べに行きたいって……」

いいかな？　と、雅人は屋敷の主である沙月にお伺いを立てた。

「まったく。じゃあ、次の訓練が終わった後にでも招待しましょ」

沙月はやれやれと承諾した。

「申し訳ございません、サツキ様」

ひょんなことから弘明達が屋敷で食事をご馳走して貰う話になったので、クリスティーナがすかさず口を開く。

「同郷のよしみってやつです。気にしないでください。そういえばクリスティーナ王女とフローラ王女も白米とお味噌汁は召し上がったことがないですよね。ご都合が合えばぜひいらしてください」

沙月はついでに王女姉妹も誘う。

「ありがとうございます。その際はぜひ」

そうして、クリスティーナとフローラの参加も決まった。すると――、

「沙月先輩、お米と味噌汁があるなんて俺も初めて知ったんですけど……」

俺も参加したいですと言わんばかりに、貴久がそわそわと沙月に話しかける。

「ああ、そういえば貴久君がご飯を食べに来ている時に出したことってなかったっけ。……うん、じゃあ、貴久君もその時はいらっしゃいな」

沙月は貴久が屋敷で食事を取った時のことを振り返ったのか、はたまた何か考え事でもあるのか、ちょっと間を空けてから貴久のことも誘った。

「やった、ありがとうございます！」

貴久は嬉しそうに礼を言う。だが――、

「そんなに喜ばなくても、セントステラ王国に帰っても食べられるようにいくらか材料を持たせてあげるから」

と、沙月が言ったことで、貴久の表情は一気に強張った。セントステラ王国への帰国を匂わされたことで、危機感を抱いたのか――、

「でも、俺が作るより美春が作った方が美味しいだろうし」

そう語る貴久の口調からは、ちょっとした焦燥が見て取れた。

「……料理の一つでもできる男の方がモテるわよ？」

というか、なんで当然のように美春ちゃんが作る前提なのよ――という言葉を呑み込んで、沙月は呆れの溜息をつくのもなんとか堪えた。すると――、

「でしたら、材料と一緒に作り方をお教えいただけないでしょうか？　フリルなら覚えられると思うので」

リリアーナが代案を口にする。

「わかりました。じゃあ、次に作る時にでも時間を調整しましょう」

沙月がすんなり了承すると――、

「あ、いや、だったら俺も一緒に料理を教えてもらおうかな」

貴久が慌てて口を挟んできた。作り方を教えてもらうのを口実に、美春と話をすることが出来るとでも思ったのだろう。なんとも狙いがわかりやすすぎて――。

「じゃあ、帰国した後フリルさんに教えてもらいなさい」

沙月は軽くあしらってしまう。

「……気が早いですよ。まだいつ帰国するかも決まっていないんですから」

貴久は貴久でセントステラ王国へ帰れとでも言われている気がしたのか、少しむくれた声色で予防線を張ろうとする。ただ――、

「そうね」

沙月はクリスティーナもいる前でこの話題を引きずるつもりはないのか、あっさりと頷いて貴久の発言を肯定した。それで貴久もホッとしたように胸をなで下ろす。

その後は沙月とシャルロットがもてなす側として上手く話を回していった。流石に各国の誇る聡明な王女達が一堂に会する席で、話題が尽きることもない。

「あはは」

貴久が時折さりげなく美春の様子を窺っていたことはあったけれど、話が弾んで先ほどの焦りも消えたようだ。すっかり上機嫌になって、笑い声を上げ始める。そうして時間が進み、食事の時間も終わりが近くなってきたところで――、

「皆様、我が国での滞在にあたって何か不自由はございませんか？　私に解決できる問題があれば喜んでご協力しますので、遠慮なさらず仰ってくださいな」

シャルロットが現在ガルアーク王国に滞在しているクリスティーナ、雅人、貴久、リリアーナの四人を見回して、そんな質問を投げかけた。

「ありがとうございます。ですが、十分に良くしていただいておりますから」

と、まずはクリスティーナが回答する。

「ですね。沙月姉ちゃんや美春姉ちゃんにもまた会えたし、ゴウキさんに修行までつけてもらって、俺も大満足です」

雅人もうんうんと賛同した。そして――、

「俺も。セントステラ王国より料理も美味しいですし、あっちより居心地も良いから、不

自由どころか、もう帰りたくないくらいです」

貴久もガルアーク王国での暮らしぶりに満足していることを語る。

だが、それで——、

「…………」

沙月や雅人がちょっと釈然としない顔になる。貴久がいささか本音で語りすぎていたというか、セントステラ王国での暮らしぶりを下げる形でガルアーク王国での生活を持ち上げたことに違和感を抱いたのかもしれない。

何か抗議の意を込めて意図的に言っているわけではなく、素で「帰りたくない」とまで言っているように聞こえるから質が悪い。ましてや、セントステラ王国の王族であるリリアーナがいる前でそんなことを言ってしまえば、彼女の面子にも泥を塗るようなものだ。

とはいえ——、

「私も。マサト様やタカヒサ様と同じく、満足しております」

リリアーナは気にした様子もなく、笑みをたたえて語る。ただ、その瞳が少し悲しそうに揺れたのは気のせいではないのかもしれない。雅人はそんな彼女を横目に、貴久に対して何か言いたそうな顔になる。だが、やはりクリスティーナもいる手前自重したのか、ムッと口を結んで押し黙った。

（すみません、クリスティーナ王女）

沙月がクリスティーナに無言のアイコンタクトをして、そっと頭を下げる。身内のゴタゴタで微妙な空気になってしまっていることを、申し訳なく思ったのだろう。

（いえ）

クリスティーナは沙月が言わんとすることを的確に察して、気にしないで構わないと柔らかく微笑んだのだった。

そして、夕食会が終わり……。

クリスティーナやフローラが帰った後。

「貴久君、ちょっと……」

貴久は沙月から残るように言われて、屋敷の応接室へ案内された。「後から行くからちょっと待っていて」と言われて、十数分ほど一人で待たされている。

（……いったい何の話があるんだろう？）

待ちぼうけを食らう最中で色々と考え、不安になったのか、ソファに腰を下ろす貴久の

表情は硬い。すると突然、部屋の扉がノックされて――、

「はい、どうぞ」

「貴久君、待たせたわね」

沙月が応接室に入ってきた。遅れて、雅人も入室してくる。他には誰もいない。あまり明るい話題ではないと思ったのか、貴久の表情に警戒心が滲む。

「その顔つきだとどういう話をするのか薄々予感はしている感じかしら？」

「……わかりません」

貴久はいっそう顔を強張らせてかぶりを振った。

「まあいいわ。雅人君、私達も座りましょう」

「ああ」

沙月と雅人は貴久の向かいに腰を下ろす。

「そう身構えないでほしいんだけど」

「……こんなふうに呼び出しをくらったら、身構えもしますよ」

「まあ、そうね。けどさ。意地悪な言い方をするけど、それって身構えないといけないような理由があるからなんじゃないの？」

「…………だから、そんな回りくどい言い方をされてもわかりませんよ。どういう話をさ

れるのかも、身構える理由なんかも……」

「でもさ。今日、私や雅人君が訓練から戻ってくる前に、亜紀ちゃんと口論があったんでしょ？」

沙月はより具体的な質問を投げかける。

「……亜紀がそう言ったんですか？」

貴久は亜紀との間に口論があったかどうかについて自らの供述を避け、亜紀の供述を確かめようとした。

「取り調べを受けている容疑者みたいなことを言うのね」

「そりゃあ、こうやって取り調べみたいな真似をされたら……」

「……亜紀ちゃんは言い争いなんかしなかったって言っているわ」

沙月は仕方がなく、亜紀の供述を貴久に教えてやる。

「だったら……！」

口論なんてなかったんですよ。

と、勢いづいて言いかける貴久だが――、

「けど、貴久君が声を荒らげているのは周りにいた子達がちゃんと聞いているのよね。亜紀ちゃんが泣きそうな顔をしていたのも、みんな見ていた」

沙月が言葉を被せてしまう。

「…………」

亜紀との口論があったことを裏付ける証言を突きつけられて、貴久は気まずそうに押し黙ってしまった。

「これってどういうことなの？　亜紀ちゃんとどういう話をしたのか、貴久君の口からも聞きたいな」

沙月はにこやかに笑みをたたえて、貴久の供述を求めた。あくまでも理性的で、冷静に話を進めようとしている。

「……別に。ただ、美春のことで少し、相談があって……」

「やっぱり、美春ちゃん絡みなのよねえ」

貴久は観念したように語り、沙月は悩ましそうに右手で額を押さえる。

「言っておきますけど、変な話をしていたわけじゃありませんよ？　俺、美春にちゃんと許してもらいたくて、でも、こんなに近くにいるのに話をする機会すらないから、亜紀に協力してもらえないかなって、それで……」

「美春ちゃんに許してもらいたい、か。そっか……。そこをはき違えたから、貴久君は現状に不満を抱いて妙な方向に突っ走っちゃっているのね」

「はき違えたって、そんな言い方……」

「はき違えているだろ」

　ここまで発言を控えていた雅人が、口を開いて貴久を咎めた。

「何だと？」

「……どうぞ」

　貴久はムッと顔をしかめる。

「ごめん、兄貴と話をするのは沙月姉ちゃんに任せるって言ったけど、いいかな？」

「兄貴さ。もう先に一人でセントステラ王国に帰った方がいいんじゃねえか？」

「なっ、雅人にそんなことを決める権利はないだろ⁉」

　いきなり帰国を促され、貴久は思わずカッとなって反駁する。

「……いや、あるんじゃない？　まあ、雅人君一人にはなかったとしても、私も雅人君に賛成かな。貴久君は先に一人でセントステラ王国へ帰った方が良いと思う」

　雅人の発言で想定していた話の流れとは変わってしまったのかもしれないが、沙月も口を開いて貴久に帰国を促した。

「な、なんでですか⁉　俺、別に何も悪いことなんてしていないですよ！　前みたいに美春を無理に連れて行こうだなんてことも、絶対に、誓って、するつもりありません！」

「その辺りのことはこの際どうだっていいのよ。それより問題なのは貴久君が美春ちゃんに気を奪われて自分を見失ってしまったこと」

「そんな、見失ってなんかいませんよ！」

「見失っているわよ。日常生活に支障を来すくらいにはね。さっきの夕食もだいぶ問題があったと思うんだけど……」

「普通に食事をしただけじゃないですか！」

「……本当に自分のことと、美春ちゃんのことしか見えていないのね」

と、沙月は落胆と呆れを隠さずに言う。

「そんなことありません。ちゃんとみんなのことも見てます」

「だったら、今日、貴久君の発言で亜紀ちゃんが泣きそうな顔になったのは、おかしいんじゃない？　貴久君、亜紀ちゃんに何を言ったの？」

沙月は徹底して理性的に、落ち着いた声で問いかける。

――亜紀は……、いいよな。もう美春に許してもらっているんだから。

貴久が亜紀を泣かせかけた、とどめとも言える一言だ。自分が言ったことはちゃんと覚えているのか――、

「だ、だから、それは……！　それだって、みんなのことをちゃんと見ているから、みん

なのためですよ！　こんなギクシャクした関係、みんなだって嫌でしょう？　だから俺、早く元に戻したくて、美春にちゃんと許してもらおうって……！　前みたいなみんなの関係に早く戻りたくて……」

貴久は後ろめたそうに声を上ずらせて弁明した。だが――、

「もう、いいわ」

「え？」

「おためごかしはもういいって言っているの。それ、本音なのはわかるんだけど、自分を正当化しようとしているふうにしか聞こえないわよ？」

と、沙月はなんとも辟易とした顔で指摘する。

「っ、違いますよ！」

「違わないわよ。だって、許されたいのは貴久君でしょう？　それを私達の総意みたいに語られても困るわよ」

「……じゃあ、みんなはいいんですか？　俺達が前みたいな関係に戻れなくなっても？　このまま、こんなふうに拗れてしまったままでも、いいんですか？」

と、貴久が駄々をこねる子供みたいなことを言うと――、

「だから、勝手にみんなとか言って主語をでかくするなよ。そういう訊き方が自分勝手で

卑怯なんだ。それだと兄貴を許さない美春姉ちゃんが悪くなっちまうじゃねえか。俺達を出汁に使って、美春姉ちゃんを悪者にしようとするなよな」

雅人は苛立ちを隠さずに貴久を糾弾する。

「悪者になんか、していないだろ！　むしろ逆だ！　みんなが、俺をっ……！」

みんなが俺を、悪者にしようとしている——とまでは、貴久も流石に言えなかった。なぜなら……。

「悪者は貴久君よね。あんなこと、したんだから」

と、沙月は淡々と突きつける。

「そんなこと、わかっていますよ……。悪いのは俺だ。けど……」

「けど、何？」

「……やめて、やめてください、そんな見透かしたような目で見るのは」

「だったら、見透かされるようなことをしないでよ」

こっちだって見透かしたくて見透かしているわけじゃないと、沙月は苦々しく言う。

「違うんです。みんな、俺を誤解している。ちゃんと、俺を見てくれないから……」

「見ていたわよ。貴久君が本当に反省して、改心したのか、私達みんな最大限好意的に見ようとしていた。貴久君は友達だから、雅人君と亜紀ちゃんのお兄ちゃんだから、そのためのチャンスと猶予をあげた」

「チャンスと、猶予……？　そんなもの、いつ？」

「こうやってガルアーク王国での滞在を許して、屋敷への出入りも限定的に認めていたことよ。一緒にいた時は、貴久君の態度や言動もちゃんと見ていたわよ、私達」

「見ていたって……」

見ているだけじゃなくて、他に何かなかったのか？

まさか、本当に見ていただけ？

だとしたら、なぜ、そんな真似を？

と、貴久はわかりやすく顔で物語る。

「言ったでしょ。貴久君が本当に反省して、改心したのか。それを見極めるためよ。そういうのって、日頃の言動や態度に出ると思ったから」

「……じゃあ、何も言ってくれないで、観察していたんですか？　俺のこと」

「観察、か。まあ、そうね。その結果、正式に判断したの。貴久君はまだ、美春ちゃんの前に姿を現すべきじゃなかったって」

「そんな………。なんで……」

なんで、そんな人を試すような真似をするんだ？

最低じゃないか。

と、貴久の顔が訴えていた。

いや、それだけじゃない。

「……なんで、そんな、人を疑って、試すようなことを」

騙されたような気分になったのか、非難染みた言葉が実際に貴久の口をついて出た。自分が疑われて、試されても仕方がない立場にいたことは、完全に棚に上げている。

（悪趣味じゃないか。もっと他に手段はあったはずなのに……。そうだ、もっと美春と話をする機会をくれたって良かったじゃないか。そうすれば、俺だって……）

心の余裕を奪われることはなかったのだ。と、貴久は自分が非難される側なのに、相手を非難するような感情を抱いてしまう。

「そうね。言い方は悪いけど、貴久君のことを疑って試していた。けど、それは貴久君のことを信じたかったからよ」

「それこそ、おためごかしじゃないですか。自分を正当化したいだけの」

貴久はすっかり感情的になっていて、不満を抑えきれずに沙月に反論した。

「おい、兄貴。あまり甘ったれたことを……」

雅人が険しく顔をしかめて口を開こうとするが――、

「最初から見放されて、更生（こうせい）の機会すら与（あた）えられないよりはマシでしょう？」

沙月が手を伸（の）ばして雅人の言葉を遮（さえぎ）り、代わりに言葉を続けた。

「っ…………………」

貴久は血が滲（にじ）み出てしまうのではないかというほどに下唇（したくちびる）を強く噛（か）みしめた。もう何を言っても意味がないと思っているのか、ひたすら押し黙ってしまう。沙月も、雅人も、そんな貴久を複雑な面持（おもも）ちで見つめていた。

あとはもう、改めて貴久に帰国を促して話は終わる。そうすることもできる。だが、それだけでは今後も貴久が変わることはないと思ったのか——、

「貴久君、あのさ。貴方（あなた）、そもそも許してもらえなくてもいいから、それでも謝（あやま）りたくてガルアーク王国に来たんじゃないの？　許されるのが目的ではなかった。なのに、許されることが目的になっちゃった。違う？」

と、沙月が諭（さと）すような口調で、貴久に語りだす。

「…………いけないことですか？　許してもらいたいって思うのは」

「……どうかしら？　時と場合による、かな？」

良いか悪いかの二元論で語ることなんかできないと、沙月は普遍的（ふへんてき）な答えを口にすることを避けた。ただ、その上で——、

「けど、貴久君が許されようと思ったことでおかしくなったのは確かよね？　結局何を言ったのかはわからないけど、亜紀ちゃんを悲しませるようなこともした」

「…………」

「そうなった理由はわかっているのよね？」

「…………」

「貴久君、美春ちゃんのこと、まだ好きだからなんでしょ？」

「っ……」

ひたすら押し黙る貴久だったが、根っこにある想いまで沙月に見抜かれてしまい、ぶるりと身体を震わせる。

「沈黙は肯定と受け取った上で、私からのアドバイス。まずは美春ちゃんのことを諦めるところから始めてみたらどうかしら？」

「っ⁉　そんな、簡単に……！」

こみ上げる感情に抗うことができなかったのか、貴久は堪らず口を開く。とはいえ、沙月と雅人からじっと見つめられていることに気づいて、すぐに声を呑み込む。

「夜会の後、美春ちゃんに一度きちんと拒否されたんでしょ？」

なのに、どうして諦められないの？　と、沙月はそれが難しいことをおそらくわかった上で、貴久に問いかける。

「そんなの、好きだから、簡単に諦められないに決まっているじゃないですか……」

「……その想いの強さは素直にすごいと思うんだけどね。一方通行なのよ。だから、美春ちゃんのことは諦めないと駄目。それができなきゃ貴久君はいつまで経っても前進できないわよ」

と、沙月は貴久に現実を突きつけて忠告する。

「……………諦めろって……」

──この世界に迷い込んで、絶望して、色んなことをたくさん諦めてきた。我慢もしてきた。孤独を味わい続けてきた。なのに……。

──どうして、俺だけが諦めないといけないいんだ？

と、貴久の表情は如実に語っていた。

「まあ、今すぐに諦めるのは難しいわよね。だから貴久君、貴方はセントステラ王国へ一人で帰りなさい。それで、次に会いに来るのは、美春ちゃんへの思いを諦められた時にしなさい」

沙月は改めて貴久に帰国を促した。

というより、命じた。

「言っておくけど、これは決定事項だからな」

雅人も念を押す。

「……なんで、二人だけでそんなことを勝手に……」

「そうね。他に決める権利があるとしたら、リリアーナ王女と美春ちゃんよね」

「だったら……」

「二人の口からも直接、帰ってくれって言われたい？　今、この場に美春ちゃんとリリアーナ王女を連れてこなかったのは、貴方に対するせめてもの優しさなんだけれど」

「っ…………」

美春に拒絶されることを恐れたのか、貴久はひどく怯えた顔になった。

「じゃあ、そういうことだから。遅くとも二、三日中には帰ってもらうつもり。約束もしたし、その前に白米と味噌汁くらいはご馳走するわ」

「…………」

もう沙月に反論する理屈や材料がまったく残っていないのか、貴久は悔しそうに項垂れてしまう。

「じゃあ、雅人君」

と、沙月が雅人に目配せして何か指示する。

「ああ」

雅人は立ち上がり、応接室の出入り口である扉へ向かった。よく見ると、応接室の扉は完全には閉まっていない。その証拠に、雅人が押すと扉は何の抵抗もなく開く。そして扉の向こう側には――、

「…………」

美春と亜紀とリリアーナが立っていた。扉がきちんと閉まっていなかったから、室内の会話は筒抜けだったはずだ。

というより、貴久以外の誰もが最初からそう示し合わせていたのかもしれない。それを裏付けるように、沙月も雅人も扉の外に美春達がいても特に驚いた様子がない。項垂れる貴久だけが、部屋の外に美春達がいたことに気づいていなかった。

「……終わったよ」

雅人は室内を振り返り、俯く兄を一瞥する。そしてなんともやるせなさそうに溜息をつくと、美春達を部屋に招いた。ただ、自分は顔を合わせるべきではないと思ったのか、美春だけはぺこりと沙月に頭を下げて、そのまま通路へと立ち去っていった。

「…………」

亜紀は美春を追いかけることはせず、様々な感情が交錯したような顔になる。そして室

内にいる貴久を見つめた。すると――、

「失礼します。タカヒサ様、お迎えに上がりました」

リリアーナがそう言って、一人で室内へ入っていく。亜紀は部屋の外で立ち尽くしたままだった。貴久は微動だにせず、苦々しい顔でいまだに俯き続けている。

「お城へ戻りましょう、タカヒサ様」

「………」

貴久は動かない。

だが……。

「立ち上がりなさい、貴久君。子供みたいに駄々をこねないで」

沙月がきつい物言いで貴久を注意する。

「っ……!」

貴久はいっそう悔しそうに顔を歪めて、渋々と腰を上げた。沙月と雅人とは顔も合わせようとはせず、そのまま部屋の外へ歩きだす。

「お兄ちゃん……」「…………」

廊下で亜紀とすれ違い、貴久は一瞬だけ足を止める。だが、渋っ面をさらにくしゃくしゃになるまで歪めると、屋敷の外に向かって再び歩き始めた。

「あ、あの、私……。屋敷の外まで、お兄ちゃんを見送ってもいいですか？」

「……ええ、お願いいたします」

リリアーナは沙月とアイコンタクトで了承を得た後、首を縦に振った。それで亜紀はリリアーナと一緒に貴久の後ろをついていく。

そうして、室内には沙月と雅人が残されると――、

「……ごめんな、沙月姉ちゃん」

雅人が謝罪の言葉をぽつりと口にした。

「何のこと？」

沙月は優しい口調でとぼけた。

「兄貴のこと。俺達兄弟の問題なのに……」

「いいのよ」

と、沙月が明るい声を出して首を左右に振ると――、

「沙月さん、雅人君」

開きっぱなしの扉から、美春が入ってきた。おそらくは貴久と顔を合わせないようにしていただけで、廊下の隅に潜んでいたのだろう。貴久が去ったことを確認してやってきたようだ。

「いらっしゃい、美春ちゃん。聞いていた通りだけど、終わったわよ」

と、沙月はちょっとした精神的な疲れを覗かせながらも、柔らかな笑みを美春に向けて告げる。

「……すみませんでした、沙月さん」

「ちょうど今、雅人君にも謝られたんだけど……、何のこと？」

「やっぱり、私から貴久君に伝えるべきだったんじゃないかなって。沙月さんに嫌な役回りを押しつけてしまいました」

「……どうかな？　さっきも言ったけど、貴久君が吹っ切れて姿を現すまで、美春ちゃんはもう貴久君とは顔を合わせるべきじゃないと思うもの」

「………………」

強く責任感に駆られているのか、美春の苦い表情が晴れることはない。

「あのね。そもそも、美春ちゃんは貴久君から勝手に好かれちゃっただけなんだから、責任を感じることは何もないのよ？　夜会の時に、ちゃんと拒絶もしたんでしょ。なのに貴久君がいつまでも諦めきれないだけなんだから。ここで美春ちゃんがまた仕方なく貴久君の前に出て行こうものなら、それこそ貴久君の思うつぼよ。だから、やっぱり私が矢面に立つべきだったと思うの、うん」

沙月は美春を励まそうとしているのか、力強く語って言い聞かせる。それで――、

「……ありがとうございました」

美春はぎこちなくではあるが微笑み、ぺこりと頭を下げた。

「まあ、確かに。これはみんなの問題でもあるかもしれない。けど、解決しないといけないのは貴久君よ。私達が解決してあげることはできない問題。だから、貴久君が問題を解決してくれなくてやきもきするのはわかるけど、待ちましょ。一緒にみんなで、ね？」

と、沙月に呼びかけられ、一応の心の区切りはついたのか――、

「……はい」「ああ……」

美春も雅人も静かに頷いた。

それから、美春の視線は自然と通路に向かう。貴久のこと……というよりは、貴久を見送りに付いていった亜紀のことが気になっているのかもしれない。

「もうそろそろ貴久君も屋敷を出ていった頃かしらね。亜紀ちゃんのこと、様子を見に行ってあげる？」

「……はい」

沙月が提案し、美春達も応接室を後にしたのだった。

沙月が予想した通り、貴久は既に屋敷の外に出ていた。既に就寝時刻が迫っていて、当然、外はもう真っ暗だ。

そんな暗闇の中を、貴久は屋敷からお城へ続く道を無言のまま歩いている。すぐ後ろにはリリアーナと亜紀がいて、さらには護衛騎士であるヒルダ、キアラ、アリスの三人が照明の魔道具を手にしてリリアーナ達を取り囲み、侍女であるフリルも同行している。

「…………………」

貴久がピリついた雰囲気を放っていることは感じ取っているのだろう。誰も何も喋らないまま、屋敷の敷地境界付近まで来てしまった。亜紀はお城まで付いていかないので、そろそろお別れをする必要がある。

「……お兄ちゃん」

亜紀は思いきって、貴久の背中に声をかけた。

「…………………」

貴久はぴたりと足を止める。

やはり何も語らず、押し黙ってはいたけれど……。自分の言葉が届いていたのだと知れて、亜紀は少しだけ胸をなで下ろす。

「私も……。私も後から必ずセントステラ王国に帰るから、待っていてね」

屋敷での暮らしに馴染み始めてきて、美春との関係も修復できて、できることならまた一緒に美春達と暮らしていきたいはずだ。けど、亜紀はセントステラ王国に帰ると、自分が帰るのは貴久がいる場所だと、貴久本人に伝えた。

「……なあ、亜紀、リリィ」

貴久は躊躇いがちに口を開き、亜紀とリリアーナに振り返る。

「……何？」

「何でしょうか？」

「みんな……、みんな、俺を誤解しているんだ」

と、貴久は訴えた。しかし、誤解も何もない。今の貴久だって、貴久だからだ。むしろ精神的に追い詰められているからこそ、自分の一面が色濃く出ているともいえる。そこを否定することはできない。だが――、

「…………そう、だね。そうかもしれない」

亜紀は否定しなかった。今の貴久があるべき自分の姿を見てもらうことに飢えているのだと、ちゃんとわかっているからだろう。今の貴久のことも、優しく受け容れようとして

あげる。

「かもじゃないんだ……」

「……うん。わかっている。私はお兄ちゃんのこと、わかっているから」

亜紀は傷心する貴久に近づき、そっと抱きついた。泣き止まない子供をあやすように、ぽんぽんと背中を叩く。

「……俺、本当に一人でセントステラ王国に帰らなくちゃいけないのかな？」

貴久はひどく不安そうな声で、弱音ともいえる疑問を口から絞り出した。

「………」

「皆様がそう仰っている以上、仕方がありません」

言いづらそうな亜紀の代わりに、リリアーナが横から答えた。

「けどっ、リリィと亜紀がみんなを説得してくれたら！　……なんとか、二人から沙月先輩と雅人を取りなしてくれないかな？　俺が頼んでも駄目だと思うから。どうにか、ならないかな？」

もうそれしか手段はないと、理解しているのだろう。貴久は藁をも掴むように、縋るような眼差しで二人に頼み込む。

「それは………」

できないよ——と、亜紀の顔にありありと書かれていた。魔道具の薄明かりだけが頼りの夜闇の中でも、わかってしまうほどで——、

「亜紀だって、美春と一緒にいたいんだよな？　なら、今度はセントステラ王国に来てもらうのもいいと思うんだ。他のみんなに来てもらったっていい！」

貴久は亜紀が拒否の言葉を口にするよりも先に、慌てて言葉を付け加えた。

「……私だって、またみんなで一緒にいたいよ。お兄ちゃんのことも、応援したい」

と、亜紀が語る言葉は嘘偽りのない本心なのだろう。

「じゃあ！」

「でも。でもね。私、もうみんなの気持ちを裏切りたくない」

これもまた、亜紀の嘘偽りのない本心だった。

「……え？」

「……もう、みんなを裏切れないよ。だから、ごめんなさい。みんなのことは説得できない。ううん、お兄ちゃんは先にセントステラ王国に帰った方が良い。それがお兄ちゃんのためだって、今は私も思う」

亜紀はひどく苦しそうに、自分の決断を貴久に伝えた。

「そんな…………」

貴久はしばし言葉を失って――、

「……嘘、だろ？」

声を震わせて尋ねた。

「………」

「なあ、亜紀……」

「……嘘じゃないよ。どうすれば良かったのか、ちゃんと考えよう？　美春お姉ちゃんがいなくても、お兄ちゃんは一人じゃない。だから、またみんなの信用を取り戻せるように頑張ろう？　私がいるから、だから……」

と、亜紀は真っ向から貴久と向き合って訴えかけた。

すると――、

「………信用って、何だよ……。一人じゃないって……。みんな、みんな、一人になったことがないからわからないんだよ！　一人になる孤独を知らないから、簡単に帰れだなんて言えるんだ！　一人になれって、諦めろって！」

貴久はため込んでいた鬱憤を爆発させるように、夜闇の中で怒声をまき散らす。その場はしんと静まり返ってしまった。

「……お兄ちゃんが淋しいなら、私も後からじゃなくて、すぐにでも一緒に帰るよ。私はお兄ちゃんと一緒にいるから」

　お兄ちゃんは一人じゃないよと、亜紀は粘り強く貴久に呼びかける。しかし——、

「……違う。違うよ。そういう、そういうことじゃないんだ」

　貴久はもどかしそうに首を横に振る。

　じゃあ、どういうことなのか？

「………私じゃ駄目、なのかな？」

　私にお兄ちゃんの淋しさを埋めることはできないのかな？　と、亜紀の方こそ淋しそうな顔で問いかけた。

「そう、じゃない。そうじゃなくて……、亜紀もみんなと一緒にいたいんだろ？　美春と一緒にいたいんだろ？　なら、みんなで一緒にいられるようになんとかしようよって言っているんだ。こんな、バラバラにいるんじゃなくて……！」

　みんなを強調する、貴久の主張は終始変わらない。けど——、

「………お兄ちゃんが、一緒にいたいのは……」

　亜紀にはもうわかっているのだ。貴久の理屈が詭弁にすぎないことに、気づいてしまっている。いや、もともと気づいてはいたのかもしれない。気づいていて見て見ぬ振りをしていた。けど、もう見て見ぬ振りはできなくなってしまった。

だけど、それでも……。

──お兄ちゃんが一緒にいたいのはみんなじゃなくて、美春お姉ちゃんなんだよね。

亜紀にはその一言を口にすることは、まだできなかった。

だから──、

「…………………」

亜紀にはもう、押し黙ることしかできなかった。「お兄ちゃんの願いには応えられないよ」と、無言で訴える。貴久もそれを察したのか──、

「……ねえ、リリィ！」

焦燥し、今度はリリアーナを見た。

「…………………」

リリアーナは無言でその場に立ち尽くしていて、すぐには何も語らない。

「なんとか、なんとかならないかな？　頼む、頼むよ。もうリリィしかいないんだ……」

貴久は必死に縋って、頼み込む。

「……正直、タカヒサ様がそこまで焦る理由に戸惑っています」

リリアーナは溜息を漏らして、ゆっくりと重い口を開いた。

「っ、今にもセントステラに帰らされそうになっているんだ！　焦るよ！」

「それ以前からの話です。ガルアーク王国へいらした当初のタカヒサ様はとても理性的でいらっしゃいました。過去の行いを後悔し、心から反省しているようにもお見受けしました。ですが、滞在する日が増していくほどに後悔や反省の念は薄れていき、焦りが増していった。こうやって話をしていても自分のことばかりで、言い訳ばかり……」

　いったい、後悔や反省の念はどこに消えてしまったのですか？　と、リリアーナは心底不思議そうに、貴久に問いかけた。

「っ、消えてなんか、いないさ……。今だって後悔しているし、反省もしている。だから美春を無理やりセントステラに連れて行こうなんて、もう絶対にするつもりはない。本当に、後悔しているんだ、俺は……。あんなの、本当の俺じゃない。だから、本当の俺を知ってほしくて、見てもらいたくて……」

　貴久はぎゅっと拳を握りしめ、苦々しく答える。

「でしたら、なぜじっくりと待つことができなかったのですか？　本当の自分を見てほしい、知ってほしいと仰いますが、一度失った信用はそう簡単に取り戻せるものではありません。今は距離を置かれても仕方がない。どういった扱いをされようとも、反省して受け容れよう。それでこそ、少しずつ信用を取り戻していけるはずだと、思うことはできなかったのですか？」

リリアーナは淡々と正論を並べ立てた。

「…………そ、そんなの、詭弁だ。それで信用を取り戻せるって、結果が保証されているわけじゃないんだから」

「いずれにせよ、タカヒサ様がこうまで空回りしてしまう原因がこのお城にあるのなら、タカヒサ様をお城から遠ざけるのは大変理に適った対処法です。タカヒサ様はセントステラに戻られた方が良いと、私も考えます」

「っ、どこにいるかは俺の自由じゃないか！　俺を束縛する権利がどうしてみんなにあるんだ⁉　そんなの、俺の感情を無視している！　そんな、人を見ようとしないで、頭ごなしに言われたって納得できるわけないじゃないか！」

「そもそも、タカヒサ様がミハル様の感情を無視したことが現状の発端です。タカヒサ様がミハル様と一緒にいられない理由でもあります。迷惑だから帰ってほしい、と言われているのですが、そこはご理解いただけていますか？」

貴久が何を言おうと、もはや関係ない。リリアーナはいたって動じず、淡々と言葉の刃を研ぎ澄ませていく。

「っ……。だから、それは…………」

迷惑がられている自覚は流石にあるのか、貴久は傷ついたような顔になる。とはいえ、

それでも何か言いたいことはあるようで――、

「そもそも、なりたくて勇者になったわけじゃないんだ。勇者なんかになったから、俺はセントステラ王国にいさせられることになって、俺だけみんなと一緒にいることができなくて……」

それは遠回しにセントステラ王国が束縛してきているのも悪いと言っているのも同義だった。

「そこまで……」

――タカヒサ様にとって、セントステラ王国での暮らしはそこまで嫌なものだったのでしょうか？

とでも尋ねたいのか、リリアーナは逡巡（しゅんじゅん）しているような表情を覗かせる。だが、そう間を置かずに迷いを断（た）ち切るようにかぶりを振（ふ）ると――、

「仮に勇者を辞（や）めたところで、タカヒサ様がミハル様の傍（そば）にいることは叶（かな）いませんよ？」

リリアーナは尚（なお）も、貴久に現実を突（つ）きつけた。

「そんなの！　そんなのっ……！」

わからないじゃないか！　と、貴久は否定することができなかった。貴久だって本当は理解しているからだろう。リリアーナの言う通りだ、と。だが、それでも現実を受け容れ

たくなくて、現実を変えたくて、抗おうとしている。だけど――、

「なあ、リリィ。そんな、そんなに、俺を苦しめないでくれよ……」

貴久はいよいよ心が折れかけているのか、とても卑屈な顔でそんなことを言う。

「……私もタカヒサ様を苦しめたくなどありません」

「じゃあ、どうしてそんなひどいことを言うんだよ？」

「タカヒサ様のことを思えばこそです」

「俺のためって……」

貴久は苦虫を噛み潰したような顔になると――、

「……本当に？　本当に、俺のため？」

いったい何を思ったのか、実に疑わしそうに、胡乱な眼差しをリリアーナに向けた。

「……どういう意味でしょうか？」

聡明なリリアーナでも貴久が何を疑っているのか見抜くことはできなかったのか、首を傾げて貴久に訊き返した。

すると――、

「リリィは俺のこと、好きなんだろ？　セントステラ王国のためにも、俺と美春に結ばれて欲しくないから、そんなひどいことを言っていたりするんじゃないか？」

反撃で相手の痛いところでも突いてやったつもりなのだろうか？　貴久はへらへらと下卑た笑みを口許に覗かせていた。

「…………………。っ、ぁ……」

青天の霹靂とはこのことか、リリアーナはしばし呆けて言葉を失ってしまう。それでも何か言おうと口を動かそうとしたが、何も言葉は出てこなかった。悲しそうに、とても悲しそうに俯いてしまう。彼女の涙がこぼれ落ちて、ぽたりと地面を濡らした。

無理もない。貴久が口にした一言は、致命的なまでに最低だった。いくら焦っているとはいえ、いくら自分を見失っているとはいえ、決して看過はできない。

だからか――、

「……おい!!」

強い怒りの籠もった声が、屋敷の敷地一帯に響いた。

「っ……!?」

「ま、雅人っ!?」

貴久はドキッと身を震わせて、声が聞こえた方を見る。果たして、闇に紛れてそこに潜んでいたのは、弟の雅人だった。後ろには美春や沙月もいる。

「ふざけんなよ、クソ兄貴……。流石に、それはないいんじゃねえの？」

雅人は忌々しそうに貴久を睨み、今にも殴りかかりそうな怒りの形相で歩いていた。しかし、後ろから肩を掴まれて、制止される。

「おい……？」

止めるなよ、沙月姉ちゃん――と、言おうと振り返る雅人。だが――、

「……美春姉ちゃん？」

雅人を後ろから制止したのは、美春だった。

「待って、雅人君」

「あ、ああ……」

瞬間、貴久は美春の逆鱗に触れてしまったのだろうと、雅人は理解して頷いた。なぜなら、こんなに怒っている美春の顔、雅人は見たことがなかった。

「みはるちゃっ………！」

咄嗟に美春を呼び止めようとした沙月。だが、止めるつもりも失せたのだろう。伸ばした手を意図して引っ込めると、ぐしゃぐしゃと頭を掻いた。美春は無言で歩き、貴久に近づいていく。

貴久は何か弁明でもしようと思ったのか、慌てて口を開こうとするが――、

「み、みはぅっ⁉」

美春が貴久の頬を平手ではたいて、口を塞いだ。ビンタだ。

パンと、乾いた音が響き、貴久の言葉は物理的に遮られてしまう。貴久は美春の名前を最後まで口にすることすらできなかった。

「え？　え……？」

貴久がひどく混乱していると――、

「最低っ……」

と、美春が強い憤りを込めて言った。

「……貴久君、最低だよ」

美春は怒りと悲しみを乗せて、言葉を重ねる。

「ご、ごめん！　美春、俺！」

貴久は反射的に謝罪した。だが――、

「何が？」

「え？」

「何がごめんなの？」

美春は心底不思議そうに、貴久に問いかける。

「え、あ、その……。俺、変なことばかり言って」

貴久が弱々しく理由を語るが――、

「何が悪いのかわかっていないのに謝るのは止めて。貴久君の謝罪は信用できない」

美春はバッサリと貴久を切って捨てる。

「あ、ごめん、ごめん……」

と、貴久は美春に対して、おろおろと何度も謝った。しかし――、

「謝るのは私じゃないでしょう？　リリアーナ様、すごく傷ついたと思う」

美春の声は震えていた。いや、声だけじゃない。人の顔をはたいた経験なんて一度もないのだろう。貴久の頬をはたいた手もいまだにぶるぶると震えていた。振るった腕も、身体も、全身が小刻みに震えていた。今にも崩れ落ちてしまいそうだ。だが、それでも口を動かして貴久を非難するのは止めなかった。

「あ、その……」

貴久の視線がリリアーナに向かう。

「私のせいで、リリアーナ様を傷つけたの？　あんなひどいことを言ったの？」

そう問いかける美春の顔は、自分のせいでこんなことになってしまったと、強い自責の念に駆られていた。

「い、いや、違う。違うんだ、俺！」

「ううん、いい。貴久君はいつも話を逸らしてばかりだから、もう貴久君の言葉は何も聞きたくない。だから、これだけ、私の口からはっきり言うね。やっぱり、私がはっきりしないのが良くなかった」

美春はそう前置きすると――、

「貴久君のことは嫌い。大嫌い。一緒にはいられない。いたくない。だからもう、二度と私の前に顔を見せないで」

と、強い言葉で、念入りに貴久を拒絶した。

「そんな……」

貴久はこの世の終わりのような顔になる。

「ヒルダさん。貴久君を、いえ、この人をお城の部屋まで連れて行ってくれますか？　リリアーナ様には屋敷に戻ってもらいますから、後から迎えに来てください」

美春はリリアーナの護衛騎士隊長であるヒルダを見て、貴久の移送をお願いした。

「……承知しました。姫を、よろしくお願いいたします。フリル、貴方は姫に付いてさしあげなさい」

ヒルダは美春に対して深々とお辞儀し、侍女のフリルに指示した。フリルはこくりと首を縦に振る。

「リリアーナ様、申し訳ございませんでした。私のせいで、こんなことになって……」

美春はリリアーナに近づいて深く頭を下げた。

「い、いいえ、ミハル様のせいではないのです……」

リリアーナは涙を拭（ぬぐ）い、呆け気味（ぎみ）にかぶりを振る。

「……さあ、タカヒサ様」

「ね、ねえ！　待って！　美春、待って……！」

貴久はヒルダの腕を振り払（はら）って、美春に向けて声を張り上げた。

「…………」

美春は貴久を見ようとはしない。聞こえていないはずはないのに、聞こえないフリをして明後日の方を見る。

「俺、淋しかったんだよ！　一人は嫌（いや）だったんだよ！　この世界に来て、ずっと一人だったから……。また一人になるのがすごく怖（こわ）くなって、嫌だったんだよ！　美春のことも大好きだから。だから、どんどん、どんどん変になって……」

と、貴久は己（おのれ）の弱さを吐（は）き出して、どさくさに紛れて告白もして――、

「こんな俺、自分でも嫌なんだ！　だから、お願い、お願い。ごめん、ごめん。本当にごめんなさい。許して、許してください……。今度こそ、ちゃんと反省するから！　お願い

します……」

　なんて、今にも死にそうな顔で、その場で地面に膝を突いて必死に頭を下げた。

「………」

　それで情状酌量の余地があるのかもしれないと思ってしまっているのか、美春はとても悩ましそうに顔を曇らせてしまう。

　けど、ここで貴久を許してしまったら、また同じことの繰り返しになってしまう予感がした。ここで貴久を許してしまうことだけは、絶対に間違っていると思った。だから、ちゃんと拒絶しなければならない。

「行きましょう、ミハル様」

　リリアーナも美春と同じ考えなのか、その背中をそっと押す。

「……はい。亜紀ちゃんも来て。帰ろう？」

　美春はしっかりと首を縦に振り、心配そうに貴久を見つめる亜紀を呼んだ。

「………うん」

　亜紀も未練を断ち切るように貴久から視線を外して頷く。すると、沙月が貴久に近づいていった。

「貴久君、帰国するその瞬間まで部屋の中でしっかり頭を冷やして、何が悪かったのかよく考えなさい。私は貴方を見送りに行ってあげるから、その時に貴方の言葉を改めて聞かせて頂戴」

それが本当の本当に、最後のチャンスよ？　と、そこまで伝えることはしなかったが、沙月は項垂れる貴久に告げる。

「くっ、うっ…………」

貴久は返事をせず、地面の土に嗚咽の声をぶつけている。そうして、美春達は屋敷へ帰り、貴久も城の部屋まで連れて帰られることになった。

そして、二日後の朝。

貴久が再びセントステラ王国へ帰国するその時がやってきた。貴久には今日の朝にガルアーク王国を出ると、昨日のうちにリリアーナから伝えてある。

「じゃあ、行ってくるわね」

沙月は貴久を見送るため、屋敷の玄関を出ようとしていた。その場には見送りにはあえて行かない美春と亜紀と雅人の姿がある。

「……沙月さん。お兄ちゃんのこと、よろしくお願いします」

亜紀がぺこりと沙月に頭を下げる。

「うん……」

と、沙月が頷く。

「………あれ？　リリアーナ王女？」

雅人も何か言おうとした、その時のことだった。雅人が玄関の外を見て、お城から屋敷に通じる道を通ってくるリリアーナの姿を発見する。

よほど焦っているのだろうか？　リリアーナはドレスの裾を摘まんで小走りで駆け寄っていた。そんな姿を見て、皆、瞠目する。

「ちょ、ちょっと、どうしたんですか？」

沙月が慌てて屋敷から出て行き、リリアーナに駆け寄っていった。美春と亜紀と雅人も後を追いかける。そうして、屋敷の外で合流を果たすと――、

「申し訳ございません」

と、リリアーナが呼気を荒くして謝罪した。

「……何が、ですか？」

いったい何を謝っているのだろうかと、沙月達は訝しそうに首を傾げる。

果たして――、

「…………タカヒサ様の姿が、どこにも見当たりません」

リリアーナは貴久が失踪(しっそう)した事実を、青ざめた顔で打ち明けたのだった。

【第七章】❖ 聖都トネリコ

話は大きく変わる。

千年以上前。

神魔戦争はシュトラール地方の西側から始まったとされている。当時、魔の軍勢はシュトラール地方の西側に出現し、東へ進軍を行った。ゆえに、シュトラール地方の西側は魔の軍勢に支配されて、人が住める土地ではなかった。

人が住めるようになったのは、神魔戦争が終結した後のことだ。かつて暮らしていた住民の末裔が西側の土地に戻ってきて、国を興したと歴史の文献には記されている。

また、魔の軍勢が最初に出現した場所がシュトラール地方の最西端に位置する土地であることも、歴史上の事実として広く知られている。だから、厳密に言えば、神魔戦争はシュトラール地方最西端から始まったのだ。

なお、シュトラール地方東方の大国といえば、真東のガルアーク王国と南東のセントステラ王国が存在している。続いて、シュトラール地方中央の大国といえば、北のプロキシア帝国と南のベルトラム王国がある。

　そして、シュトラール地方西方の大国といえば……と、連想した時に必ず名前が挙がるのが、シュトラール地方の最西端に位置するアルマダ聖王国だ。

「……着いたね」

　聖女エリカの亡骸を埋葬したリオは、今まさにそのアルマダ聖王国の最西端にある都市を訪れていた。聖都トネリコ。既に述べた通り、神魔戦争の時代に世界で初めて魔の軍勢が姿を現し、神魔戦争が始まった土地である。

「長旅、お疲れ様でした、竜王様」

　ソラは浮遊したまま、ぺこりとリオに頭を下げる。

「ソラちゃんもね」

　リオはにこりとソラに微笑みかけてから、眼下の聖都へと再び視線を向けた。都市の中で最も目を惹く人工物は都市を治める人物が暮らす宮殿なのだが、さらに目を惹くのは非人工物の方だ。すなわち――、

（……アレが迷宮か）

　そう、迷宮だ。海沿いの開けた平地で、巨大な洞窟の穴がぽっかりと口を開いて、闇を放っていた。神魔戦争の時代、魔の軍勢はこの迷宮から姿を現したとされている。

迷宮の周りは都市を覆う城壁以上に堅牢な壁で何重にも囲まれているが、そこを都市の一部と呼んでいいのかはわからない。迷宮の入り口から都市までは整地されて道も続いているのだが、一キロメートル以上も距離が離れているからだ。

都市と洞窟とを行き来する人の姿は見えるが、完全な非居住区域になっている。明らかに洞窟を警戒して隔離していることが窺える。

（武装しているのは都市の兵士達と……、冒険者か？　迷宮の話は王立学院に通っていた頃に聞いたことがあったけど、いまだに魔物が出現するって話も本当みたいだな）

厳重に警戒を行って、冒険者達も迷宮に出入りしているということは、そういうことなのだろうと、リオは目に見える情報から当たりをつけた。

（神魔戦争の時代に何があったのか、手がかりがあると良いんだけど……）

七賢神だったリーナはこの時代に何かが起きることを予知したのだという。それで竜王の魂を転生させてリオの肉体に宿した。

だが、肝心の何が起きるのかも、リオに何をさせたいのかも不明のままだ。現状、リオ達は知らないことが多すぎる。

だから、今回、リオ達がこの地を訪れたのは、情報収集のためだ。神魔戦争の時代に初めて魔の軍勢が姿を現したとされる場所なら、何か手がかりがあるかもしれない。そんな漠然とした根拠でここまでやってきた。

とはいえ現状、リオが聖都や迷宮について知っていることはとても少ない。リーナに関する話を聞くまでは特に来ようと思ったこともなかったので、王立学院時代に学んだ一般教養程度の知識しか持ち合わせていないからだ。なので――、

「……とりあえず都市に降りて、迷宮と神魔戦争のことについて調べてみようか」

「はいです！」

今は行動あるのみ。

リオとソラは早速、聖都トネリコへ降りてみることにした。

◇◇◇

リオとソラは聖都トネリコに入ると、まずは聖王国、聖都、そして迷宮について聞き込みをして広く情報を集めた。

結果、わかったことが色々とある。

まずは統治面でわかったことをざっくりとまとめるなら、アルマダは聖王国と名乗るだけあって、ひときわ六賢神信仰が強い国だということだ。

国家の元首は国王で、国全体を統治しているのも国王なのだが、国王とは別に法王と呼ばれる存在がいて、国の宗教的な長の立場に就いている。

現法王の名はフェンリス＝トネリコ。

政治的な立場や権力は国王が上だが、法王は聖王国内に治外法権を有する自治区を所持していて、独自に統治を行うことを国王から認められているのだという。その自治区というのが、リオ達がいま訪れている聖都トネリコであることもわかった。国王が暮らす王都は聖都とはまた別にあるらしい。

そうして、二、三時間ほど聖都を歩き回り、情報を収集したところで――、

「政治的なことはこのくらいわかれば十分かな」

リオは適当な喫茶店に入り、収集した情報をソラと整理していた。

「はい。何かあるとしたら迷宮だと思うです」

と、ソラが言う通り――、

「だね」

肝心なのは迷宮についてだろう。迷宮についても、わかったことはあった。聖都へ入る前にリオが予想した通り、やはり迷宮からは今でも魔物が出現するらしい。放置しておくと魔物が増えて外に出てくることもあるらしく、間引くために大勢の冒険者達が日常的に

出入りしているそうだ。

「竜王様と私なら最奥部まで行って帰ってくるのもちょちょいのちょいですよ」

と、自信たっぷりに語るソラ。

「まあ、せっかくここまで来たんだし、潜ってはみたいよね。けど、千年間、誰も最深部にたどり着けなかったのなら、魔物以外にも色々と気をつけないといけないことがあるのかもしれない」

リオはソラとは対照的に慎重なスタンスを崩さない。迷宮の中がどうなっているのかはわからないが、閉ざされた未知の領域だ。

そういった空間を探索する経験が不足している以上、どういう危険があるのか予想しきれないし、中で迷う恐れもある。他にも単純な戦闘能力だけでは解決できないような問題だって起きるかもしれない。それに――、

「魔物と戦うのに、超越者の制約って影響するの？」

と、リオはふと気になった質問を口にした。

そう、超越者となった今のリオは、神が定めたルールの適用下にある。超越者が人類に対して不公平に肩入れしてしまうことを、神は禁止しているのだ。

すなわち、超越者は人類全体のために力を行使するべきであり、特定の個人や勢力のた

めだけに戦うことが許されない。それに反すれば超越者は肩入れしようとした者達の記憶を失うというペナルティを受けることになる。

「……場合によるです。人里離れた場所にいる魔物なら多少倒したところでルールが発動してペナルティを喰らうことはないはずですが、倒しすぎるのは問題ですね。近くに誰かがいても微妙です。迷宮に潜るなら仮面はつけておいた方が良いと思うです」

と、ソラは思案して答えた。なお、神のルールを免れるための仮面は現在五枚ある。その内の一枚はロダニアでセリア達を脱出させるために戦って壊れかけ、今は解析してもらうためにセリアに託してある。もう一枚はガルアーク王国城に残ったアイシアのために残してきた。よって、リオの手元にある仮面は三枚だ。

「了解。足りない物資があれば買い込んで時空の蔵に収納するとして、できたら冒険者ギルドで迷宮のことも聞いておいた方が良さそうだね」

迷宮も聖都の領域である以上、その管理権は法王にある。そして、冒険者ギルドは法王の依頼を受けて、冒険者達を迷宮に潜らせているという。だから、迷宮に立ち入るにはギルドで冒険者に登録する必要があるらしい。

となれば、迷宮のことを最もよく知っているのは、冒険者を迷宮に送り込んでいる冒険者ギルドだろう。未知の危険な領域に潜り込もうとしている以上、下調べはしておいた方

が良い。と、そこで——、

「お待たせしました」

店員の女性が、注文の品を運んできた。リオには冷たいお茶を、ソラにはジュースとフルーツの盛り合わせが配膳される。

「ふわぁぁ……」

ソラはきらきらと目を輝かせて、テーブルに置かれた品を見つめた。

「とりあえず、目の前の物を片付けようか」

リオがくすっと笑って告げる。

「はい！」

ソラはなんとも幸せそうな顔で、フルーツを頬張ったのだった。

◇◇◇

リオとソラは喫茶店を後にすると、冒険者ギルドへ向かった。

「ここが冒険者ギルドみたいだね」

ちなみに、冒険者ギルドとは国に委託されて設立される機関だ。本来なら碌な仕事に就けないごろつき達に魔物退治などの荒事を押しつけて、国内の警備をさせる。

魔物を退治するために軍を配置するコストを削減できるので、国側に大きな利点があるとされている。だからか、冒険者ギルドの運営方法は各国で共有されて半ば国際機関と化している。

言うなれば、冒険者ギルドとは魔物が存在しているからこそ成り立つ組織なのだが、迷宮から魔物が湧いてくるここ聖都トネリコでは特にそれが顕著だ。というより、最初に冒険者ギルドが成立した場所こそ、聖都トネリコだとされている。

ゆえに、聖地トネリコは冒険者にとっての聖地でもあり、世界で最も冒険者が集う街だとも言われている。この地に設置された冒険者ギルドも、冒険者ギルドの総本部という肩書きも持っていたりする。

ガルアーク王国やベルトラム王国の冒険者ギルド本部の建物は、リオも目にしたことはある。いずれも立派で豪華な屋敷みたいな建物だったが――、

（ここは館というより砦だな。すごい）

ここ聖都トネリコの冒険者ギルドは、さらに立派だった。滞在している冒険者の大半が迷宮に潜ることを生業としているからだろう。都市と迷宮とを隔てる壁と一体化する形で冒険者ギルドの建物が建設されている。

そして万が一、迷宮から魔物が溢れてきた場合は、ここで食い止めることを想定しているのだろう。その外観は堅牢な砦そのものだ。冒険者が都市と迷宮を行き来するのにも、冒険者ギルドの中を通る必要があるらしい。

「行こうか」

リオは開きっぱなしになっている玄関から、ギルドの建物に入っていく。

外見は石造りの無骨な見た目をしているが、中はなかなか瀟洒な空間だった。広く、武装した冒険者達の姿が見受けられる。奥には無垢木材の受付カウンターがあって、職員らしき者達が何人も控えている。冒険者の相手をしている職員もいた。

「登録はあそこでできるみたいだね」

リオは受付カウンターの一角を指さす。この世界の識字率は高くないので読めない者も多いだろうが、冒険者の新規登録専用の窓口だと文字で記されている。ちょうど今は誰も並んでいなかったので、他に誰かが並ぶ前にさっさと向かう。

ギルドのフロントには様々な背格好や身なりの者がいるが、七、八歳の幼女にしか見えないソラはまた一段と目立つはずだ。

ただ、超越者になった影響で今のリオは影が薄くなっている。話しかけるなどして注意を向けさせれば普通に認識もされるが、多少格好が目立つくらいでは人目を惹くことはなくなっていたりする。ソラもリオと一緒にいる時は特に強くルールの影響を受けるので、二人に注目する者は特にいなかった。

「すみません」

「え？　あ、はい」

受付にいた女性も目の前で話しかけられるまでリオを認識していなかったみたいに、ドキッと身体を震わせて返事をする。

「冒険者の登録を考えていて、話を聞きたいんですが……」

と、リオは冒険者の登録をする体で情報収集を試みた。なお、迷宮に潜るためには冒険者ギルドに登録して登録証を提示する必要があるわけだが、実際に登録するかどうかは流れ次第だと考えている。

というのも、冒険者ギルドに登録すれば都市に対して一定の義務も生じることになってしまう。そうなれば特定の団体や勢力に肩入れしてはならないという神のルールに抵触する恐れがあると考えたのだ。

何より、リオとソラならわざわざ冒険者ギルドに登録しなくても、忍び込むこともできてしまいそうだ。仮に忍び込めなくて騒ぎになったところで、神のルールの影響でリオとソラのことは人々の記憶に長く残らない。

そこで、とりあえず登録する体で冒険者ギルドを訪れ、迷宮に関する情報を収集してみようと考えたのだ。

実際に冒険者になった者でなければ開示できない情報があると言われたら、冒険者ギルドに登録することも考える必要はあるが――、

「ああ、なるほど……。今は空いている時間帯ですし、構いませんよ」

新人の勧誘も業務の一環だからか、受付の女性はすんなり首を縦に振った。

「ありがとうございます。これまで冒険者ギルドと関わったことがないので、知らないことだらけで……」

「そうだったんですね。ちなみに、登録するのは……」

「私と、もしかしたらこの子も」

そう言って、リオは隣に立つソラを見下ろす。

「え？　ええと……」

受付の女性は椅子から立ち上がって、カウンターの向かい側に立つソラを見た。というより見下ろした。ソラを認識していなかったというわけではなく、ソラが小さくてカウンター越しには顔だけしか見えないから、ちゃんと容姿を確認したかったのだろう。

魔物の退治を主な生業とする関係上、冒険者ギルドには十二歳にならなければ登録でき

ない決まりがある。ギルド側に年齢を正確に把握する手段がないので登録者が偽ることもできてしまうが、だからといって年齢を確認しなくていいことにはならない。

「……こう見えて、私の二つ下です」

と、リオはちょっと後ろめたそうに、ソラの年齢を偽って教える。実年齢が千歳を遥かに超えていると告げたところで信じてもらえるはずもないので、仕方がなかった。

「失礼ですが、貴方様のご年齢は……」

「もうすぐ十七です」

「承知しました。それなら問題は……ない、はず、です」

ソラが幼女にしか見えないからだろう。受付の女性はソラを見下ろしながら、自信なげに語る。

「ソラは大人ですぅ！」

ソラの不満そうな声が、カウンターに響き渡った。そうして一悶着あったといえばあったが、冒険者ギルドで聞き込みが始まる。

どうせ神のルールによって何を訊いたところで相手の記憶には残らないのだからと、この機会にあれこれ話を聞くことにした。

結果、核心に迫るような情報はなかったが、主には迷宮に関して、街の住民からは得られなかった情報も得られたのが収穫だった。

「ありがとうございました。勉強になりました」

「いえ、わからないことがあれば遠慮なく聞いてください」

　こうして迷宮に潜るにあたって最低限、知っておきたかった情報は得ることに成功した。よって、冒険者ギルドに登録することもせず、リオとソラはカウンターを後にする。

　ギルドの建物から外に出ると、空が赤く滲んでいた。

　どうやら日暮れが近いらしい。

「後は少し買い物をしたら、今日は岩の家に戻ってゆっくり休もうか。迷宮には明日の朝から潜ろう」

　迷宮に入るならこういう物資が必要ですよ、と教えてもらったリストを思い浮かべるリオ。時空の蔵にある手持ちの物資で事足りそうだし、リオとソラの場合は精霊術で解決できてしまいそうなこともあったが、念には念のためだ。

「はい！」

　その後は買い物をして、日中での都市での活動を終える。それで都市の外に出て岩の家を設置すると、翌日の迷宮探索に備えて早めに眠りに就いたのだった。

神魔戦争が終結してから千年間。

数多の冒険者達が迷宮に挑んできた。

だが、最奥部にたどり着いた者は誰一人としていない。

理由は多岐にわたるが、簡潔にまとめると踏破難易度があまりにも高すぎるからだ。迷宮の内部は広大で、複雑で、層が続いている。奥に進めば魔物の数は増えるし、手強い個体も現れて危険は増していく。

しかし、それでも迷宮の奥を目指す冒険者は後を絶たない。

冒険者ならば誰もが、自分が迷宮を攻略してやるという夢を一度は抱く。それは彼らが一攫千金と名声を求めているからだ。

魔物を倒せば魔石が手に入る。純度の高い天然の魔力結晶や、シュトラール地方では魔玉と呼ばれている精霊石を発掘できることだってある。ある程度の量を持ち帰って売れば貴族並みの暮らしをすることだって可能だ。

魔石の大きさは倒した魔物の手強さを証明する。魔力結晶や魔玉は浅い層では手に入らないから、それらを獲得したことは潜った深さを証明する。すなわち、それらを持ち帰ってくることは、偉業を達成したというわかりやすい証だ。同業者達からは羨望の眼差しを向けられ、そうでない一般人達からも称賛される。

冒険者として、迷宮ほどわかりやすく出世できる場所もないだろう。聖都トネリコにシュトラール地方中から冒険者達が集う理由でもある。ゆえに、都市にいる数多の冒険者達は我こそはと迷宮に挑み、日夜、命を賭けてしのぎを削り合っている。

そんな迷宮に、今――。

リオとソラはたった二人で挑もうとしていた。

時刻は早朝。

不可視の精霊術も使って、迷宮の入り口を囲む壁の内側へそっと侵入を果たす。壁の中に入ってしまえば、もう冒険者達との見分けはつかなくなるので、精霊術を解除して堂々と迷宮の入り口へとたどり着いた。それで――、

「これが迷宮の入り口……」

リオとソラは二人で並んで、間近から迷宮の入り口を見上げた。

横幅が数百メートル、高さも軽く百メートルはあるだろうか。上空から見下ろしていた時もひときわ存在感を放っていたが、間近で見上げてみるともはや山だった。

リオ達以外にもこれから迷宮に入ろうとしている冒険者達がいるが、入り口が広すぎる

ので、誰が先に入るか順番争いをする余地もない。

それから――、

「……入ろう」「はい！」

リオとソラも他の冒険者達に倣い、迷宮に足を踏み入れていく。ただ、中に入ったところですぐにまた、足を止めてしまった。というのも――、

「すごいな……」

迷宮内部の光景があまりにも幻想的だったからだ。迷宮の入り口の高さはそのまま迷宮内部の天井の高さになっているらしい。

人工的な灯りは何もないが、リオとソラの視界には百メートル以上の高さに天井があるのがはっきりと見えた。

というのも、非人工的な灯りは存在するからだ。洞窟の壁全体が薄らと光を放っているおかげで、視界は実に良好だった。冒険者ギルドに行った時に受付嬢から話は聞いていたが、実際に目にすると驚きはひとしおだった。

迷宮内部の壁に何か特殊な鉱石でも含まれているのかとも思えるが、迷宮の壁を採取しても光はたちまち消えてしまうらしい。

では、いったいどういう仕組みなのか？

「壁全体に微量の魔力が含まれているみたいだね。光っているのはそれが理由かな」

リオは試しに目を凝らして、天井をよく観察してみた。すると、その瞳は壁に魔力が張り巡らされているのをはっきりと捉える。

「空気中の魔力濃度も随分と濃いです」

ソラもきょろきょろと興味深そうに洞窟内部を観察していた。

「だね。迷宮から魔物が出現し続ける理由と何か関係しているのかも……」

リオはそう言いながら天井から視線を外し、今度は前方に広がる光景を眺めた。

今、二人がいる第一階層はただただ広大な空間が広がっていて、下層に繋がる道が奥へと続いているらしい。距離にすると三キロメートルはあるらしく、流石に一番奥まで見晴らすことはできなかった。

これだけ広ければ、混み合って戦いにくいこともないだろう。ゴブリンと戦っている冒険者達の姿も遠目に見えるが、戦いづらいことはなさそうだ。そうやって、内部の様子を見渡しながら――、

（……リーナがアイシアに植え込んだ記憶が確かなら、六賢神達は千年以上前にこの洞窟の奥で何か実験をした可能性が高い。その結果、神魔戦争が起きた）

と、リオは聖女エリカとの戦いの直後、記憶を取り戻したアイシアに教えてもらった話

を思い出した。六賢神達はかつてリーナを幽閉した後、この世界の次元に孔を空けたのだという。その結果、外の世界からやってきたのが魔物達だ。そして、魔物達は今でもこの迷宮から出没しているという。

だから、リーナが危惧する何かが起きるのなら、この場所ではないのか？　そう考えてこの聖都トネリコの迷宮を訪れたわけだが——、

（……やっぱりこの迷宮には何かがある気がする）

リオは目の前に広がる光景を見て、改めてそう感じた。

「十階層を守る強い魔物がいるらしいんだ。冒険者ギルドの許可がないと挑めないらしいんだけど……、とりあえずその手前を目指して行けるところまで行ってみようか」

「はい、竜王様と私なら楽勝ですよ！」

と、ソラは言っているが、人類の最高踏破階層がその第十階層なのだ。十層を守る門番らしい魔物を倒して第十一階層へ進んだ冒険者達もいたらしいが、いずれも十一層に入って間もなく引き返してきたという。

また、十階層を守る門番のような魔物も一体だけではないのか、再び挑戦する時には当然のように同じ門番が待ち構えているらしい。とはいえ——、

「まあ、油断はしないようにね。《解放魔術》」

リオはソラの実力を知っている。滅多な相手で後れを取るとも思っていない。リオは時空の蔵から仮面を取り出して装着すると、迷宮の攻略を開始した。

流石は人間とはいえ超越者になった少年と、その眷属というべきだろう。リオとソラの迷宮攻略は順調だった。

第一階層は奥を目指してまっすぐ駆け抜け、数分で第二層へ到達する。第一層で出現する魔物はゴブリンが大半で、稀にオークが交ざっているのが見えた。

第二階層も出現する魔物はやはりゴブリンとオークだけだったが、第一層より数も増えていた。地理条件に関して言えば第一層と同じく開けた一つの空間だったが、障害物のように岩がいたる場所に散乱していた。その陰に魔物が潜んでいることがあるので、普通の冒険者なら慎重に進むことが要求されるだろう。

とはいえ、リオとソラは普通の冒険者ではない。第一層と同様、一番奥まで進めば第三層へ通じる道があると聞いていたので、奥を目指してどんどん駆け抜けてしまう。進行速度が遅くなることもなく、第一層と同様に数分で第二層を踏破してしまった。

そうして第三階層に入ったところで、明らかに冒険者の数が減った。攻略難易度が第二層よりも上がるからだ。地理条件に関して言えば第二層と同じだが、変化したのは出現する魔物だ。

魔物の中には通常の個体とは肌の色が異なる変異種と呼ばれる個体が稀にいるが、それが紛れていた。変異種は肌の色が真っ黒に近いほど強くなっていくのだが、紛れていたのはまだ浅黒い肌の変異種だった。しかし、やはりリオとソラの敵ではなく、二人は戦闘を最小限に第三層も踏破した。

第四階層。今度は変異種に漆黒の肌をした個体が紛れていたが、やはりゴブリンやオークの変異種程度ではリオとソラの脅威にはなり得ない。見かける冒険者の数はさらに減ったが、地理条件は第二層や第三層と同じだったのでやはり問題なく踏破してしまう。

そして、第五階層。

地理条件が変化した。第四層までは広大なホールのような一つの空間だったが、いくつもの道が張り巡らされるようになった。天井の高さも低くなっている。といっても、軽く数十メートルはあるのだが……。

「冒険者ギルドで聞いていた通りだね」

リオは第五階層に降りたところで立ち止まって、前方に分岐するいくつもの道を見据えていた。

冒険者ギルドで情報を収集した時に、十層までの特徴(とくちょう)は大まかに聞いてある。やはり冒険者ギルドで情報を集めたのは正解だった。何の下調べもせずいきなり迷宮に侵入していたら、どの道を進むべきか迷っていたことだろう。

「どの道を進みますか？」

と、ソラが尋(たず)ねても――、

「どの道も次の階層に続く道に繋がっているらしいけど……、じゃあ、真ん中の道を行こうか。ただ、五層からは道が入り乱れているみたいだから、少し時間はかかるけど歩いて進もう」

リオは適当に進む道を決めてしまう。

「はい！」

そうして、二人は五層の攻略を開始した。

二、三分も歩くと――、

「ブモオオオオゥ！」

前方から、雄叫(おたけ)びが聞こえてきた。

「っ……」

叫んでいる相手の姿は視認できている。ミノタウロスだ。歩きながら風の精霊術で索敵もしていたので、前方に控えていたことも事前にわかっていた。だが、その雄叫びがあまりにも煩くて、リオもソラも顔をしかめてしまう。

「うるさいですね……。黙るですよ！」

ソラは人差し指を突き出して、突進してくるミノタウロスに照準を合わせた。直後、魔力の光弾が勢いよく射出される。ミノタウロスもリオ達を視認したからこそ、雄叫びを上げて臨戦態勢に入っていたのだが――、

「ブッ!? モ……？」

ソラが放った光弾に心臓を貫かれる。ソラの指先が光ったのは視認したようだが、視認した時点で攻撃が直撃していたので、回避の仕様はなかった。ミノタウロスは吹き飛ばされながら塵となって消滅していく。遅れてカランと、ミノタウロスの魔石が音を立てて地面に落下した。

「これも聞いていた通りだね。第五層からはミノタウロスが出るようになる」

「ミノタウロス如き、千体現れようがへっちゃらです」

ソラはふふんと胸を張る。

「けど、この調子で魔物が強くなっていくのなら、確かに十層より下の攻略は難しいかも

しれないね。魔剣でもない限り、六、七層辺りで頭打ちになる気がする」

魔法を使える戦士や魔道士達で部隊を組めば、ミノタウロスの一体や二体程度なら倒すこともできるだろうが、それでも油断はできない相手だ。今みたいに真っ向勝負で挑もうとしてくるとも限らない。

第六階層、第七階層へと進めばミノタウロスの変異種が交ざったり、数も増えたりするだろう。迷宮の探索では休息を取ることや帰りのことも考えなければならないから、第六階層や第七階層で戦える者でも第五階層辺りで戦うのが無難かもしれない。

さらにその先へ進むとなると、古代の強力な魔剣を装備した腕利きの戦士か、腕利きの精霊術士は必要不可欠だ。

「まあ、その程度が妥当でしょうね。あっ、竜王様、魔石ならソラが拾いますから！」

リオがミノタウロスの魔石を拾って回収しようと歩きだしたのを見て、ソラが慌てて先回りする。ひょいと魔石を拾うと、褒めてくださいと言わんばかりに期待した眼差しをリオに向けた。

「ありがとう、ソラちゃん」

リオはソラの頭を優しく撫でる。

「ソラは竜王様の眷属なのですから、当然です」

ソラはそう言いながらも、子犬みたいになんとも幸せそうに頬をほころばせていた。

時はもう少し進む。

リオとソラが迷宮の第九層に突入した頃のことだ。

同じ迷宮の、どこか奥深くで。広い広いホールのような空間に、真っ白なフードを被った、小さな子供がたたずんでいた。顔はフードで隠れていて、傍からでは男の子なのか女の子なのかもわからない。

「…………」

子供は薄らと光る迷宮の天井を、ぼんやりと見上げていたが――、

「……第九層に久々の侵入者だ。二人。誰だろう？　すごく強そうだ」

いったい何を見通しているのか、口許に好奇心を覗かせてそんなことを言いだす。

「イカガイタシマショウカ？」

すぐ傍から、薄気味悪い声が響いた。

一見するとただの岩にも見えるが、子供のすぐ傍に真っ黒な肌の人間みたいな生き物が

いて膝を突いていた。もしリオかアイシアがこの場にいたら、ソレがレヴァナントであることに気づいていたことだろう。

「このままだと十層までたどり着くね。送ってあげるから、様子を見てきて」

と、子供はレヴァナントに指示を出す。

「ハッ」

レヴァナントは自分より明確に格上の存在として、恭しく子供に接していた。なんとも理知的で、平伏するように頷く。

直後、漆黒のレヴァナントは、その場から姿を消した。

そして時はさらにもう少し進む。

リオとソラは第九層と第十層を繋ぐ通路の前まで来ていた。

「ここが十層に続く道みたいだね。挑戦するには冒険者ギルドからの許可が必要らしいけど……」

リオはそう言いながら、下層へ続く洞穴を見下ろす。

第十階層に挑戦するにあたって冒険者ギルドの許可が必要なのは、第九層まで潜れるような優秀な冒険者を安易に失いたくはないからだろう。挑戦にあたって冒険者に慎重な決断をしてもらうために、ギルドの許可を必要としているのだと思われる。

とはいえ、こんな危険な深層に滞在して、決まりを破る冒険者がいないか見張りをしている冒険者ギルドの職員はいない。

最後に冒険者を見かけたのは第七層で、現時点で第九層にリオ達以外の冒険者は誰もいないと思われる。このままリオとソラが第十層に挑んだところで、冒険者ギルドに気づかれることはないだろう。そもそもリオとソラは冒険者ですらない。

「行きましょう、竜王様」

と、ソラは迷うことなく十層への挑戦をリオに促す。

「……まあ、そのために来たんだしね」

一応、ルールを破ることに多少の良心の呵責はあるようだが、リオも腹をくったらしい。第十層へと続く道を降りていく。そうして——、

「ここが第十層……」

第十階層に降りたところで、リオは階層と階層を繋ぐ通路の出入り口で立ち止まって、まずは一帯を見回した。空間内はしんと静まり返っている。

第九層までは入り組んだ迷路みたいだったのに、第十階層は第一階層と同じで開けたドームみたいな空間だった。

ただし、空間の広さが第一階層とは大きく異なる。これまでの各階層はいずれも直径数キロくらいの空間だったが、第十階層はおそらく直径七、八百メートル程度しかない。とはいえ、天井だけは異様に高くて——、

（……すごいな。けっこう地下深くまで来ているはずなのに、天井の高さが百数十メートルはある）

と、リオは目算でおおよその高さを見極めて息を呑む。これだけの高さがあればある程度は自由に迷宮内を飛び回ることもできるだろう。

（この迷宮、本当にどれだけ深いんだ？）

迷宮の入り口が海岸沿いにあって、迷宮に入ってからは海に向かって斜め前方に下る形で突き進んできた。おそらく現在地は海底のさらに下だろうか。各階層の天井の高さの合計値がそのまま迷宮の深さにはなっていないはずだが、それでも地上からはだいぶ下の位置にいるはずだ。

人類の最高到達階層は十一層だが、それよりも更に下があるのだとすれば、いったいどこまで潜ることになるのか？　今のところ人工物は見当たっていないが、これほどの空間

が自然に出来上がるものなのだろうか？

などと、そんな疑問がリオの頭をもたげる。だが、リオは考えるのもそこそこに、前方へ視線を向けた。最奥部には十一層へと続く通路があり――、

「ォオオオオォッ！」

第十層の門番と呼ばれる存在が控えていて、怨嗟の雄叫びを上げた。身長十数メートルの巨躯に、長さが数メートルにも及ぶ禍々しい片手剣。そして、盾と全身を覆う鎧を身に纏ったスケルトンの騎士がそこにいた。背中には漆黒の翼が生え、堕天使か悪魔のようにも見える。ソレは通路の前で両膝を突いて眠りにでも就いているように俯いていたが、いきなり立ち上がって叫び声を上げた。

門番がいることは迷宮に潜る前から調べてわかっていたし、そのサイズ感から何百メートルの距離があっても視認はできていたので、リオもソラも驚いた様子はない。

（こっちの存在に気づいた。アレは前にアイシアも戦ったことがある魔物、か？）

英雄殺し。かつてリオがルシウスに復讐を果たすためにパラディア王国へ赴いていた際に、レイスが使役してアイシアと対峙させた怪物だ。

リオが聖女エリカに攫われたリーゼロッテを救出しに行っている間に、ガルアーク王国城にも現れてセリアやゴウキ達に撃退されたこともある。倒したところで魔石は残さず消

滅するらしいので、魔物かどうかは現状ではわかっていない。

リオが直接対峙するのは初めてだが、アイシアやセリア達から伝え聞いていた特徴と合致していたので、同一の存在だろうと判断したようだ。実際、その推測は正しい。なかなか手強い相手だと聞いてはいたが——、

「ああ、アイツですか」

と、ソラはさも見知った相手でも見かけたみたいに口を開いた。実力の程もわかっているのか、特に警戒している様子もない。

「ソラちゃん、知っているの？」

「神魔戦争の時代に、ヤグモ地方でも見たことがあるです。他の雑魚よりはちょびっとだけ強い雑魚です」

「……そっか。じゃあとりあえず俺が戦ってみるよ。他に魔物はいないみたいだけど、警戒は怠らないでね」

リオはそう言って、自分で戦おうとするが——、

「いえ！　あんな雑魚、竜王様のお手を煩わせるまでもありません。眷属であるこのソラにお任せください！」

ソラは慎ましやかな胸に手を添え、自分が戦いますと勇んで申し出た。

「いや……、うん。そうだね。じゃあ、ソラちゃんの力を見せてもらってもいい？」

幼いソラの姿を見ているとやはり気は引けてしまうのか、一瞬、断ろうとしたようにも見えたが、リオはソラに戦闘を委ねた。ソラの実力は以前アイシアと手合わせをした時に見たので把握している。とはいえその真価はまだまだ把握しかねているので、この機会に確認しておこうと考えたのかもしれない。

「はい、存分にご覧ください！」

眷属としての役割を与えられたような気がして嬉しいのか、ソラはとても嬉しそうに頷いた。そして、とととっと、小走りで前に出て行く。準備運動でもするみたいに、ぐるぐると肩を回していると――、

「ォァアアアアッ！」

英雄殺しが翼を羽ばたかせて飛び上がった。

その姿を視界に収めながら――、

（あの巨体が飛び回るのにちょうど良い広さ……。この空間、アレと戦うために造られているみたいだ。まるで闘技場みたいな……）

と、リオはこの状況でも冷静に室内を観察し、そんなことを思う。そして――、

（それにしても、なんだ？　このまとわりつくような感覚は……）

形容しがたい嫌な感覚を抱いたのか、リオは自分達と英雄殺し以外には誰もいないはずの空間内を訝しむように見回した。

やはり、他の魔物の姿は見当たらない。そうしている間にも、英雄殺しはものすごい速度で飛翔して接近してくる。不安にも似た妙な違和感を残しながらも、リオは眼前で起きようとしているソラと英雄殺しの戦闘に意識を向けた。すると――、

「行くです！」

ソラが気合いを入れて、地面を蹴った。瞬間、ソラはまだ百メートル以上あった英雄殺しの眼前まで、一気に肉薄する。普段は霊体化させている竜体もいつの間にか実体化させていて、その腕にまとっていた。

かくして、ソラと英雄殺しが迷宮の宙空で対峙する。

「ッ！」

英雄殺しは胴体の前に構えていた盾を咄嗟に押し出して、ソラを押し払おうとした。両者には十倍以上の身長差がある。体重差となると十倍どころの話ではない。

人間の大男が盾を使って、手のひらサイズの小動物を思い切り殴り飛ばそうとするようなものだが――、

「鬱陶しい！」

殴り飛ばすのは、体格で劣るソラの方だった。

部分的に竜体化させた右腕を激しく振るって、接近してくる盾を殴り返す。直後、けたたましい轟音が迷宮の空間内に響き渡った。

ソラの一撃は、理不尽という言葉では形容しがたいほどの暴力だ。英雄殺しの盾が粉砕されて、崩壊しかける。

「ツァ⁉」

英雄殺しが前に押し出したはずの盾は、そのまま胸に跳ね返ってきた。盾を握った自分の手が勢いよく胸にぶつかってきて、英雄殺しの身体は空中で大きくのけぞってしまう。

さらには――、

「とっとと終わらせるですよ！」

ソラは英雄殺しの眼前に迫り、竜体化させたゴツい左拳で思い切り顔面を殴った。すると、利き腕ではないというのに――、

「ッッ⁉」

ゴキリと鈍い音が轟き、英雄殺しの首がちぎれる。顔面の骨も砕け散り、吹き飛んだ破片が蒸発するように霧散していく。この時点でもはや絶命しかけているが――、

「とどめです！」

ソラは鎧を纏った英雄殺しの心臓をめがけて、右腕で渾身の一撃を放った。結果、歴史上の数多の英雄達の攻撃でもビクともしなかったはずの鎧が、一撃で粉砕される。そのまま英雄殺しのあばらも打ち抜く。十数メートルもあるスケルトンの巨体は、地面めがけて激しく吹き飛んでいき——、

「ッ……」

英雄殺しは地面と衝突する前に絶命してしまった。手にしていた剣も、身に纏っていた盾も鎧も、胴体と一緒に綺麗に崩れ去りながら消滅していく。その死に際は魔物が絶命する時と酷似はしているのだが、魔石を落とすことはない。

ともあれ、ソラは都合わずか三発で英雄殺しを倒してしまった。正確には二発目で絶命しかかっていたが、一発とはいえ盾を構えてソラの攻撃を凌いだ英雄殺しの耐久力を素直に称賛するべきだろう。ただ、その上で一方的かつ圧倒的に勝利したソラの戦いぶりが本当に見事としか言いようがない。

「……すごいな」

称賛の言葉が思わずリオの口をついて出た。

「終わりましたよ、竜王様！」

笑顔で振り返り、ブイと、ピースをするソラ。そんな彼女の姿を見て——、

（……俺の心配は杞憂か）

リオも笑みを返す。戦いが始まる前に抱いたまとわりつくような不快感は気のせいだったのだろうと、かぶりを振る。

これだけ強い魔物を倒しても、顔に装着した仮面に負担がかかった様子もない。おそらくは階層内にリオ達以外の人間が誰もいないからだろう。

ただ、第十一階層へと続く道で、今の戦いを観察している者が一人、いや一体いた。ソレは漆黒の肌をしたレヴァナントだった。ソラが英雄殺しを屠り倒す姿を見て、しばし絶句していたが――、

「…………………ッ！」

第十一層へと、慌てて退散していく。

「ん？」

リオは十層へと続く洞穴のすぐ傍から、第十一階層へと続く洞穴を見た。両者は数百メートル離れていたが、妙な気配でも感じたのかもしれない。とはいえ、既にレヴァナントは立ち去った後で、洞穴は不気味に口を開けているだけだった。

第十一階層。

挑戦した冒険者は過去にも数えられる程度にはいたらしいが、いずれも絶命したか、すぐに引き返してしまった人類には未知の領域だ。その理由は……。

「ブモオオオオォ！」

リオとソラが第十一層の土を踏みしめたのとほぼ同時に、ミノタウロスの雄叫びが響き渡った。今さらミノタウロス如き、と馬鹿にすることはできない。なぜなら、あまりにも数が多すぎた。

（何体いるんだ？）

リオは険しい顔で第十一階層を見渡す。空間の造りは第二階層とよく似ていた。おそらく直径数キロほどの空間に、床には無数の岩が点在して死角が作られている。ただ、第十一階層中の魔物が入り口付近に群がっているのではないだろうか？　奥を見渡すことができない。

過去にこの第十一階層で何が起きたのかは冒険者ギルドで聞いて知っていたし、階層を繋ぐ洞穴を通る間に第十一階層の様子を風の精霊術で探索したので、魔物達が大量に潜んでいることはわかっていたが、想像を凌駕する数だった。

ゴブリン、オーク、ミノタウロス。わずかだが、レヴァナントも紛れている。リオが過去に目にしたことがある魔物のバーゲンセールだ。

過去に挑んだ冒険者達が絶命したか、引き返してきたのもよく頷ける。千体、二千体、三千体でも数字が足りない。それだけの数の魔物が、圧倒的な物量で第十一階層を訪れてきた冒険者達を殺しにかかってくる。

腕に覚えがあったところで関係ない。一対一でなら余裕で勝てる魔物が相手であろうが関係はない。少数で真っ向から突っ込めば、為す術もなく呑み込まれるのが道理だ。引き返したところで魔物達が上の階層まで追ってきたら、逃げ切れる保証もない。

過去に第十一階層に挑戦した冒険者達は、おそらくこの光景を見た瞬間に撤退を決意したのではないだろうか？　経験を積んで常識的な判断能力を持ち合わせている冒険者ならば、誰でもそうするはずだ。

しかし、リオもソラも常識で語れる存在ではない。人の身でありながら超越者に至った少年と、その眷属である。

「汚らわしい！　竜王様に近づくなです！」

ソラが数歩前に出て、かぱっと大きく口を開く。同時に、口の先に熱を帯びた光が収束していく。直後、ソラは前方から迫りくる魔物の大群めがけて、口の前に密集させた熱光を勢いよく解き放った。竜がブレスでもまき散らすみたいに、灼熱の光が迸る。

「ブモオッ……」

拡散された光のブレスに呑み込まれ、群れの前方にいた魔物千体近くが為す術もなく消滅してしまう。ただ、迷宮の内部にダメージが出ないよう、これでもソラは加減しているのだろう。

「竜王様、数を減らしてくるです！　しばしお待ちください！」

ソラはそう言い残すと、残りの魔物達めがけてさらに打って出ようとするが――、

「いや、ここは俺も戦うよ！　協力して一緒に倒そう！　ソラちゃんは向かって右側にいる魔物をお願いしていい？」

と、リオはソラに呼びかけて、腰に差したダガー二本を抜いた。

「竜王様と一緒に……。はい！」

ソラは一緒に戦えるのが嬉しいのか、元気よく返事をする。

「じゃあ、始めよう！」

リオはそう言うや否や、向かって左側にまだうじゃうじゃといる魔物の軍勢めがけて突撃した。周囲には精霊術で無数の魔力エネルギー球を展開させてあり――、

「っぁ!?」

光球は一斉に光線と化して、進行方向にそびえる魔物達を薙ぎ払った。加えて、リオは両手に握るダガーにも魔力を覆わせていて、巨大なエネルギーの刃を形成していた。それらを一振りすることで、一度に何体もの魔物をまとめて屠る。

「さ、流石です、竜王様……！」

そんなリオの戦い振りを眺めてうっとりするソラだったが——、

「はっ⁉　こ、こうしてはいられないです！　ソラも竜王様のお役に立たなければ！　行くですよ！」

途中で我に返ると、気合いを入れ直して魔物達の軍勢に突っ込む。普段は霊体化させてある竜体の両腕を振るい、視界に入った魔物達は手当たり次第に薙ぎ払う。

かくして、超越者とその眷属対、魔物の軍勢という争いが、人類は関知せぬ迷宮の奥底で密かに始まったのだった。

  ◇

第十一階層。

リオとソラがいる階層の入り口から何百メートルも離れた場所で。リオとソラの戦いぶ

りを後方から眺めながら――、

「ナッ……」

漆黒のレヴァナントは言葉を失っていた。

二人が何か攻撃をする度に、魔物達が小さな人形みたいに束になって勢いよく吹き飛んでいる姿が見える。

「ナンテ、出鱈目ナッ……」

物量が何の意味も持っていない。これでは戦意を失うのは挑戦者であるリオとソラではなく、魔物達の側ではないかと、漆黒のレヴァナントは身を震わせた。

「…………」

こんなの、自分達でどうにかできる相手ではない。数千体の魔物が倒されるのはもはや時間の問題だと確信したのか、漆黒のレヴァナントの顔に焦りが滲む。

すると、その時のことだ。

――あははっ、すごいや。

レヴァナントの脳裏に、子供の笑い声が響いた。

（モ、申シ訳ゴザイマセン！　せっかく下賜シテイタダイタ魔物達ヲッ）

漆黒のレヴァナントは反射的に謝罪の言葉を念じる。

――君が責任を感じることじゃないよ。魔物ならまだまだ腐るほどいるし、いくら魔物を用意したところでどうにかできる相手じゃないからね。特に小さい女の子。間違いない。アレは超越者の眷属だよ。理を超えた存在だ。

（……眷、属？）

その言葉がわからないのか、漆黒のレヴァナントの頭上に疑問符が浮かぶ。

――もう一人の男は人間みたいだけど、こっちも強いな。どういうことだ？

子供がレヴァナントの疑問に答えることはなかった。何か辻褄が合わない出来事でも見かけたみたいに、不思議そうな声が響く。

――まあいい。十二階層へ通じる道は封じた。見つけようがないから、もう戻ってきていいよ。

子供はすぐに思考を打ち切ったのか、レヴァナントに帰還の指示を出す。

（御意）

と、頷くのと同時に、漆黒のレヴァナントはその場から姿を消した。

それから、リオも参戦したことで、魔物達の殲滅速度は一気に加速した。やがて自分達に襲いかかってくる魔物がいなくなったところで——、

「片付いたみたいだね」

リオとソラが合流した。

「申し訳ございませんでした。竜王様のお手を煩わせてしまい」

先ほどはリオと一緒に戦えることが嬉しくて舞い上がっていたのか、ソラがしゅんと項垂れて謝罪する。

「いいよ、ソラちゃんだけに戦わせるわけにはいかないから。俺にも戦わせて」

むしろこっちが申し訳ないくらいだと、リオはソラが気にしなくても済むよう明るく言った。そして、静かになったフロアを見渡すと——、

「じゃあ、十二階層に続く道を探そうか。もったいないから、魔石は拾えるだけ拾っておこう」

と、ソラに指示する。

当然だが、至る所に魔石が散乱している。ミノタウロスの魔石は高く売れるから、全部持ち帰って売ったら一生遊んで暮らせるのではないだろうか？

「わかりました」

前人未踏の第十二階層へと繋がる通路を、リオとソラは探し始める。別れて魔物の魔石を拾った方が効率的なので、フロアの探索も分担して行うことにした。だが、おかしなことに――、

（……妙だな。下の層に続く穴が見当たらない）

他の階層ではいずれも入り口の向かい側に次の階層へと続く道があったのだが、この第十一階層ではその位置に道がなかった。それで壁際をなぞって歩いてみたのだが、やはり通路が見当たらない。リオが壁側をなぞって探したのは半分側だけだから、逆側に通路があるのかとも思ったが――、

「竜王様。次の階層へ繋がっていそうな穴が見つからないです」

逆側はソラが探していたようだ。

通路が見当たらないと、報告にやってきた。

「俺も見つけられなかった」

「ここが迷宮の最下層なんでしょうか？」

と、ソラは不思議そうに首を傾げる。

「かもしれない……。けど、もう少し探してみようか。俺は中を飛んで探してみるから、ソラちゃんは壁際をもう一周してみてくれる？」

そうして、リオとソラはさらに入念に階層の探索を行うことにした。だが、探せども探せども十二階層へと続く道は見当たらなくて……。

破竹の速度で突き進んできたリオとソラの迷宮攻略は、第十一階層で停止することになった。

一方。

迷宮の、どこか奥深くで。

「まだ探しているよ、無駄（むだ）なのに」

子供が迷宮の天井を見上げ、愉快（ゆかい）そうに微笑（ほほえ）んでいた。その片隅（かたすみ）には漆黒のレヴァナントがいて、地面に跪（ひざまず）いている。

「でも、どうしよう？　十二階層に招き入れてみるのも面白（おもしろ）いかもなあ。いや、それかこっちから挨拶（あいさつ）に行こうか」

と、子供が迷っていると——、

「こんばんは」

別の誰かの声が響いた。

大人の、男性の声だった。

「ああ、君か。久しぶり」

子供は返事をするが、現れた人物に興味がないのか、天井を見上げたままだ。

「ゴーレムが必要でして、回収しに来たんですが……。何を見ているんですか？」

男は自分の用向きを伝えつつ、子供に問いかけた。

「ちょっと、いや、とても面白い存在がいてね。最近、外の世界の様子はどうだい？」

子供はやはり天井を見上げたまま、男に質問を返す。

「……珍しいですね。貴方が外の世界に興味を持つとは」

と、男はかなり意外そうに語る。

「ああ、俄然興味が湧いた。もしかしたら君がゴーレムを回収しに来た理由とも絡むんじゃないかなって思うんだけど……。ねえ、フェンリス兄さん」

子供はようやく天井から視線を外すと、悪戯っぽく笑って男性を見つめた。

それから、時は小一時間ほど進む。

場所も迷宮の外、聖都トネリコに移る。

法王、フェンリス＝トネリコが暮らすとされる宮殿。

法王の執務室に置かれた椅子に――、

「やれやれ……」

一人の男性が億劫そうに溜息をついて、腰を下ろした。純白のローブに身を包んだその姿は、この人物が法王であることをよく物語っていた。というより、法王でなければこの椅子に座ることも許されない。すると――、

「猊下、よろしいでしょうか？」

「どうぞ、入りなさい」

法王から許可を受け、高位の神官と思われる若い女性が執務室に入ってきた。

「数ヶ月に亘る封印の儀、誠にお疲れ様でした」

神官の女性はそう言って、恭しく法王に頭を下げる。

「ええ。私はとても疲れています。またすぐに封印の儀に戻らねばなりませんし、休ませてもらいたいのですが」

「なりません。猊下が留守になさっていた間に、目を通していただきたい案件が溜まって

おります。どうか、ご確認を」

　そう言ってかぶりを振る女性の腕には、書類の束が抱えられていた。

「だから帰ってきたくはなかったんですがね。わかりやすく解説してもらえますか、プリエステス、アンナ」

　法王は艶めかしく溜息を吐き出すと、アンナと呼んだ女性に微笑みかける。法王と高位の女性神官。それなりに気心の知れた仲ではあるのだろう。

「喜んで、猊下」

　アンナはしょうがないなと言わんばかりに嘆息して頷き、聖都トネリコの主である法王に微笑み返す。

　法王フェンリス＝トネリコ。

　まったくもっておかしなことに……。

　法王の容貌は先ほど迷宮の深部に登場し、プロキシア帝国の外交官を務めるレイス＝ヴォルフと、瓜二つだった。

【エピローグ】 ❈ 咎人

そして、場所はガルアーク王国へと戻る。

王都ガルトゥーク。

夕暮れになろうかという時間帯のことだ。

スラム街や娼館街からほど近く、人気がない路地裏で……。

ぴちゃり、ぴちゃり。

と、雫が垂れ落ちる音が響いていた。

「あ、あ……」

神装の剣を握った千堂貴久が、ぶるぶると身体を震わせている。

「て、めぇ……」

人相の悪いゴロツキのような男が、恨み殺さんばかりに貴久を睨んでいた。

「…………」

貴久とゴロツキのすぐ傍には、ぼろ布を纏った少女が呆然と尻餅をついている。

びちゃり、びちゃりと、雫が滴る音が止まらない。路地裏には赤い水たまりができていた。そのすべてが、大量の血液だった。

「あ、ぁ、ぁ……」

貴久は自分の手と、赤い血溜まりと、神装の剣が突き刺さったゴロツキの胸元を何度も見比べていた。この状況をどうにかできないかと考えているのか、何度も何度も視線をさまよわせている。だが、貴久の神装は無慈悲にも心臓を貫いていた。

「だ、駄目だ……」

そう、駄目だ。

駄目なのに……。

人を殺してしまったら……。

人殺しだけは……。

絶対に、駄目なのに……。

「ご、ごふっ……」

ゴロツキの口から、大量の血が吐き出される。

「ひっ……」

上ずった悲鳴が貴久の口から漏れた。

同時に、逃げるように反射で身体を引いて、ゴロツキの心臓を貫いていた貴久の剣が抜けてしまう。遅れて、大量の血が胸元から溢れ出る。

「うぁ……」

ゴロツキはどさりと音を立てて、地面に倒れた。そして――、

「…………」

物言わぬ死体になる。

手遅れだった。

すべてが、手遅れだった。

もう、取り戻すことはできない。

この日――、

「あ、ぁぁ…………」

千堂貴久は、生まれて初めて人を殺した。

あとがき

皆様、お世話になっております。北山結莉（きたやまゆうり）です。『精霊幻想記　23．春の戯曲』をお手にとってくださり、誠にありがとうございます。

というわけで、私から皆様にお届けする２０２３年の第一冊目です！　読者や関係者の皆様に支えていただき、23巻も無事に発売することができました。この場を借りて、心よりお礼申し上げます。書きたいことはすべて本編に書いてきましたが、今巻も「続きを早く！」と思ってくださるとめちゃくちゃ嬉しいです！　「お前、やっちまったな」とか「お前、誰だよ？」とか、皆様のご感想をお待ちしております！

そして、巻末の予告をご覧になった方はおわかりかと思いますが、ドラマＣＤ第五弾の制作が決定しました！　24巻の特装版に収録される予定ですので、ぜひチェックしていただけると嬉しいです。それでは、今回はこの辺りで。24巻でもまた皆様とお会いできますように！

二〇二三年一月上旬　北山結莉

その日、彼女は選択をした。
それは正しい選択だった。そのはずだった。

どちらにせよ、彼女の選択によって運命は動く。

かくして勇者の剣は鮮血に染まり、
少年の心は粉々に打ち砕かれて悲鳴を上げる。

待ち受けるのは破滅か、それとも――

「その移民のガキは
見つけて殺す、**必ずだ**」

精霊幻想記 24.闇の聖火

ドラマCD付き特装版＆通常版

2023年8月1日、同時発売予定

HJ文庫 https://firecross.jp/
1063

精霊幻想記

23. 春の戯曲

2023年2月1日　初版発行

著者―― 北山結莉

発行者―松下大介
発行所―株式会社ホビージャパン

〒151-0053
東京都渋谷区代々木2-15-8
電話　03(5304)7604（編集）
　　　03(5304)9112（営業）

印刷所――大日本印刷株式会社

装丁――coil／株式会社エストール

ISBN978-4-7986-3040-3　C0193

ファンレター、作品のご感想
お待ちしております

〒151－0053　東京都渋谷区代々木2－15－8
(株)ホビージャパン HJ文庫編集部 気付
北山結莉 先生／Riv 先生